www.ingramcontent.com/pod-product-compliance
Lightning Source LLC
Chambersburg PA
CBHW031001210726
48290CB00007B/2415

نجـــوای نـاتمـــام

اسماعیل یوردشاهیان

(اورمیا)

سریال کتاب: P2145290037

سرشناسه: YRD 2021

عنوان: نجوای ناتمام

زیرنویس عنوان: رمان

نویسنده: اسماعیل یوردشاهیان

شابک کانادا: ISBN 978-1-989880-46-3

موضوع: رمان عاشقانه درام و آبستره

متا دیتا: General Fiction, Fiction Drama, Fiction Romance

مشخصات کتاب: سایز ۵.۸۳ در ۸.۲۷

تعداد صفحات: ۱۵٤

تاریخ نشر در کانادا: اکتبر ۲۰۲۱

تاریخ نشر اولیه: ۲۰۱٦

Kidsocado Publishing House
خانه انتشارات کیدزوکادو

ونکوور، کانادا

تلفن: ‎+۱ (۸۳۳) ۶۳۳ ۸۶۵٤

واتس آپ: ‎+۱ (۲۳۶) ۳۳۳ ۷۲٤۸

ایمیل: info@kidsocado.com

وبسایت انتشارات: https://kidsocadopublishinghouse.com

وبسایت فروشگاه: https://kphclub.com

سلام هم زبان

دستیابی ایرانیان مقیم خارج از کشور به کتاب های بسیار متنوع و جدیدی که به تازگی در ایران نگاشته و چاپ می شود، محدود است. ما قصد داریم این خدمت را به فارسی زبانان دنیا هدیه دهیم تا آنها بتوانند مانند شما با یک کلیک در آمازون یا دیگر انتشارات آنلاین کتاب هایی در زمینه های مختلف را خریداری کنند و درب منزل تحویل بگیرند.

خانه انتشارات کیدزوکادو تحت حمایت مجموعه آموزشی کیدزوکادو این افتخار را دارد تا برای اولین بار کتاب های با ارزش فارسی را که با زبان فارسی نگارش شده است از شرکت های انتشاراتی بزرگ آن لاین مانند آمازون و ایی بی بارنز اند نابل و هم چنین وبسایت خود انتشارات در اختیار ایرانیان مقیم خارج از ایران قرار دهد.

از اینکه توانستیم کتابهای جدید و با ارزشی که به قلم عالی نویسنده گان و نخبگان خوب ایرانی نگاشته شده است را در اختیار شما قرار دهیم بسیار احساس رضایتمندی داریم

این کتاب ها تحت اجازه مستقیم نویسنده و یا انتشارات کتاب صورت گرفته و درآمد حاصله بعد از کسر هزینه ها، به نویسنده پرداخته می شود.

خانه انتشارات کیدزوکادو در قبال مطالب داخل کتاب هیچگونه مسئولیتی ندارد و صرفاً به عنوان یک پخش کننده است.

و شما خواننده عزیز ما را با گذاشتن نظرات در وب سایتی که کتاب را تهیه کرده اید به این کار فرهنگی دلگرمتر کنید.

اسماعیل یورد شاهیان *

۱

درسالن ایستگاه قطار آمستردام، روبروی تابلوی برنامه حرکت قطارها ایستاده بودم،

که یکی از پشت سر با صدای ظریف و خوش آهنگی خواند:

- قطار هامبورگ، سکوی پنج.

برگشتم دختر باریک اندام زیبایی بود با موهای بور مایل به قهوه‌ای وچهره‌ای گرد

باچشمان میشی شاد و گیرا و لبخندی که از چهره‌اش محو نمی‌شد. گفتم:

-    من هم به هامبورگ می روم. دنبال سکوی قطار هامبورگ می گشتم.

گفت:

-    سکوی شماره پنج، چیزی به حرکت نمانده،

بعد با لحنی صمیمی که انگار سالهاست که با من آشناست. پرسید:

* نجوای ناتمام ادل

- کدوم واگن هستید؟

- واگن پنج کوپه‌ی سه صندلی شماره دو.

- وای چه جالب، من هم در همان کوپه سه هستم. صندلی شماره یک و در حالی که سرش را به تأسف تکان می داد با همان چهره ی بشاش ادامه داد:

- خدا به دادمان برسد از این قطارهای جنگ جهانی دوم آلمانیها !!. تا فردا ظهر در قطاریم. نیمه شب هم در اوسنابروک و یا هانوفر دو ساعتی توقف خواهد داشت.

- دو ساعت!؟

- بله

- پس بیچاره شده ایم.

خندید و راه افتاد. از آمستردام راهی کپنهاک بودم. اما بلیط هامبورگ را داشتم. عصر خنکی بود. باران تازه بند آمده بود. باد ملایمی می‌وزید. به سکوی پنج که رسیدیم، هوای خنک بیرون از ایستگاه با بوی دریا و باران در مشامم پیچید در خاکستر غروب ردیف درختان خیابان نزدیک ایستگاه از دور چون آدمهایی می‌ماندند که در انتظارند. در انتظار کسی هستندکه می‌آید و یاخواهد آمد. اما کسی منتظر من نبود وکسی هم به بدرقه‌ام نیامده بود. برادرت آلفرد نمی‌توانست مرا بدرقه کند. باید به درمانگاه می رفت و به مریضهایش که از قبل وقت داده بود می‌رسید. با این حال تا ساعت سه بعدازظهر باهم بودیم. ناهار را در رستوران نزدیک منزلشان خوردیم و قرارشد که دو روز دیگر به کپنهاک بیاید و درمجلس

بزرگداشت و رو نمایی کتاب تو شرکت کند. زنش آنا مرا به ایستگاه رساند و گفت که بازهم بدیدن آنها بیایم.

من همیشه از بدرقه کردن و بدرقه شدن و به پیشواز دیگران رفتن، دلگرم و خشنود می‌شدم و برای همین هر وقت به سفر می رفتی جز این که دلتنگت می شدم. دوست داشتم هنگام بازگشت به استقبالت بیایم اما در بیان عاطفه و احساسم همیشه ضعیف و ناتوان بودم و این ناتوانی بیشتر به روحیه‌ی خجالتی وشاید هم به خوی و تربیت من برمی گشت و سبب می شد که نتوانم آن چه را که در درون احساس می‌کنم به زبان بیاورم اواخر تابستان گذشته، ظهر روزی که از سفر به مناطق جنگ زده‌ی سوریه وعراق و اردوگاه پناهنده ها درترکیه بازمی گشتی، با دسته گلی از رزهای سرخ بی تابانه منتظرت بودم. سفرت کمی طول کشیده بود و من خیلی بی تاب بودم. تصمیم داشتم تا رسیدی در آغوش بگیرمت و بگویم که چقدر دلتنگت بوده ام. اما نتوانستم، تو هم امانم ندادی. وقتی مرا در ایستگاه قطار با دسته گلی در دست منتظر دیدی، با خوشحالی کیف و چمدانت را ول کردی، دستانت را گشودی و به طرفم دویدی و خودت را در آغوشم رها کردی. تو می‌دانستی که چقدر دلتنگت هستم و من هم دلتنگی ات را از بوسه ات فهمیدم. یادت هست، دسته گل های سرخ را به دقت نگاه کردی و بوئیدی و با همان شوخ طبعی همیشگی ات گفتی:

- ممنونم از این دسته گل قشنگ عزیزم دیگه مطمئن شدم که خیلی دوستم داری، انگار عشقم تاثیرش را گذاشته. تو دلت را از دست داده ای. شدی تماما از آن من.

ومن که با شیطنت های تو آشنا بودم، خندیدم و خواستم در جوابت چیزی بگویم
که تو فورا دستت را جلو دهانم گذاشتی وگفتی:

- نه نه اشتباه کردم! من شده ام از آن تو. توشدی صاحب من. مثل تمام مردان
شرقی که مالک زنشان هستند.

و قاه قاه خندیدی. بعد دستت را به بازویم که چمدانت را بر می داشتم انداختی و
خودت را به پهلویم فشردی و گفتی:

- تو باید الان سر کارت بودی، چرا آمدی؟

- باید می آمدم چون دلم برات تنگ شده بود.

- ممنونم عزیزم، من هم دلم برات تنگ شده بود خیلی.

کلمه خیلی را با لحن خاصی از ته دل گفتی وکشیدی، پرسیدم:

- سفرت خوب بود ؟

- بله خیلی خوب بود باید برایت تعریف کنم.

- می خواهی بیرون چیزی بخوریم؟

- نه بریم خونه، خونه از همه جا بهتره، دلم برای تو وخونه خیلی تنگ شده.
می‌خوام بنشینیم و حرف بزنیم، خیلی چیزها برای گفتن دارم.

- بریم.

سوار ماشین شدیم و راه افتادیم. خسته بودی اما خوشحالِ خوشحال که به موقع
برگشته ای و اکنون کنار همیم.

ماشین سیتروئن هاچ بک مدل ۲۰۱۴ را چند هفته پیش گرفته بودم رنگ بدنه‌اش

بنفش ورنگ سقف و سپرهایش سیاه بود. همیشه از ماشینهایی که می خریدم و سوار می شدم ومعمولا بخاطر وضع مالی و در آمد متوسطی که داشتم، اتومبیلهای دست دوم، مدل قدیمی و ارزان قیمت بودند. شکایت داشتی، می‌گفتی:

- نادر ممکنه یک ماشین درست حسابی مدل روز بخری. چیه این ماشیهای درب و داغون فکستنی که سوار میشی، بیشتر از قیمتشان باید خرج تعمیرشان کنی، مالیات بدی. اگر بخواهی من می تونم کمکت کنم. بهتره یک ماشین نو و تازه سفارش بدی.

بعد از این که وضع کار واستخدامم در شرکتی که کار می کردم. ثابت ودائمی شد. سفارش اتومبیل مدل جدید و به روز را دادم. ظهر روزی که ماشین سیتروئن را گرفتم، برای این که غافگیرت کنم. به محل کارت در دانشگاه آمدم. دانشگاه لیون با محل کار من فاصله کمی داشت .اطاق کار تو در طبقه دوم ساختمان جنوبی بود. وقتی در اطاقت را زدم وگشودم با چند دانشجو مشغول بحث وگفتگو بودی. ازدیدنم در آن وقت روز وساعت کاری بدون تماس واطلاع قبلی تعجب کردی، با همان لبخند مهربان و صمیمی ات به پیشوازم آمدی وچند دقیقه ای فرصت خواستی که کار وصحبتت را با دانشجویان تمام کنی. دانشجوها هم که متوجه شده بودند. بعد از یک صحبت کوتاه، بلند شدند ورفتند وتو با همان چهره ونگاه مهربان اما کمی نگران از آمدن من به دفتر کارت در آن وقت روز که هرگز سابقه نداشت پرسیدی:

- چه شده، مسئله ای پیش آمده!؟
- چیزی نشده، ماشینت را آورده بودم.

* نجوای ناتمام ادل

از حرفم یکه خوردی وبا تعجب گفتی:

- ماشینم را آورده ای!؟ من که ماشین ندارم.

- چرا داری یک ساعت پیش تحویل گرفتم

- یک ساعت پیش تحویل گرفتی!؟

- بله

- ببینم شوخیت گرفته؟

- نه

- ولی من ماشینی ندارم.

- ولی الان داری یک ماشین دست چندم خوشرنگ وعالی.

- چی؟ کی بتو گفته بود این کاررا بکنی؟ من ماشین دست دوم سوار نمی شم.

- این را سوار میشی.

- لابد مثل همانهایی ست که همیشه می خری.

- نه این خیلی عالیست.

- کی خریدی؟

- یک ماه پیش سفارش دادم .امروز تحویل گرفتم.

- یک ماه پیش سفارش داده بودی و امروز تحویل گرفتی!؟

- بله.

- نادر تو شوخی می کنی؟

- نه جدی می گم، ماشینت را آورده ام تحویلت بدم. بیا بریم وببین.

چند لحظه با تردید نگاهم کردی و بعد گفتی:

- باشه، بریم ببینم. وای بحالت از آن قراضه ها باشه.

به پارکینگ رفتیم. ماشین جدید را که دیدی و متوجه نو بودنش که شدی چهره‌ات باز شد.

خوشحال اما کمی عصبانی از شوخی وپنهانکاری من که خواسته بودم غافگیرت کنم، بطرفم برگشتی

۸

ودر حالی که می‌خندیدی با مشت آرام بر بازو وسینه‌ی من کوبیدی وگفتی:

-   بدجنس، تو را من باید بکشم.

من که دستهایم را در برابر مشتهای تو سپر می کردم، گفتم:

-   خواستم برات سورپرایز بشه. حالاببین خوشت می آد، می پسندی؟

-   معلومه که خوشم می آد، عالیست، خیلی قشنگه عزیزم، ممنونم اما باید تو را بکشم.

در حالیکه بر شانه و پشتم آرام مشت می زدی بغلم کردی و بوسیدی و گفتی:

-   ممنونم عزیزم.

بعد به طرف ماشین برگشتی وبا تحسین نگاه کردی وگفتی:

-   چه رنگی هم داره.

سوئیچ ماشین راکه در پاکت زیبایی قرارداده بودم به طرفت گرفتم وگفتم:

-   امشب سالگرد ازدواجمونه، وقتی سفارش می دادم، خواستم که امروز ماشین را تحویل دهند. هدیه من برای توست عزیزم. مبارکت باشه.

با خوشحالی پاکت سوئیج ماشین را گرفتی و بازکردی و جا سویجی طلایی را با تحسین نگاه کردی و گفتی:

-   چقدر زیباست، مرسی، ممنونم عزیزم اما تو خودت چی؟ توخودت ماشین نداری.

-   نگران من نباش. من باز یک ماشین دست دوم پیدا می کنم. اما فکر نمی کنم تو سوارش بشی.

خندیدم و تو هم خندیدی و در حالی که حسی از ستوده شدن در عمق نگاهت بود گفتی:

- نمی خواهد برای خودت ماشین دست دوم بگیری که همیشه توراه می مونه. این مال هر دوتامونه.

بوسیدمت و گفتم:

- باشه به اش فکر می کنم. اما الان باید سرکارم برگردم. عصر می بینمت.

- پس بیا برسانمت.

- پیاده میرم تاکمی هوا بخورم.

- پس عصر می بینمت.

و عصر با هم به رستورانی در نزدیک خانه مان در کنار رودخانه رن رفتیم. سالگرد ازدواجمان را جشن گرفتیم، قدم زدیم. کنار رود نشستیم، جریان آب و عکس ماه را در آب رن تماشا کردیم از مراسم عروسیمان و دو سال زندگی در کنارهم وبیشتر از همه از ماشینهای دست دوم ویا سوم ویا خدا می داند دست چندم فکستنی من که همیشه یک چیزشان می شد و مدام در راه می ماندند و در آخر ناگزیر به گورستان تحویلشان می دادم، گفتیم وخندیدیم. مخصوصا ازآن ماشین رنو مدل ۱۹۸۵ من که وضع چندان خوبی نداشت. اما من خیلی دوستش داشتم. یک جوری رفیقم بود. حس همسانی و هم تیپی با او داشتم. اولین بار با آن در تعطیلات ماه ژانویه برای دیدن تو به کلرمونت فران[1] آمدم. ژانویه پربرفی بود، روزهای خوب دوستی و دلدادگی پیش

Clermont Ferrand [1]

از ازدواجمان. وقتی از لیون راه افتادم، فکر نمی کردم که در کلرمونت آن همه برف آمده باشد. کمی از ظهرگذشته بودکه به کلرمونت رسیدم. زنگ که زدم منتظرم بودی. گوشی تلفن را که برداشتی با خوشحالی از آمدنم به کلرمونت فران، دعوتم کردی که عصر به منزلتان بیایم .

گفتی که پدرم می‌خواهد با تو آشنا شود. بیا و با پدرم وبرادرم آلفرد آشنا شو. چقدر از این دعوت تو دچار هول و اضطراب شدم. درسته که از اول تصمیم وبرنامه من وتو همین بود و تو روزهای تعطیل ژانویه و سال نو را برای آشنایی من با خانواده‌ات مناسب می‌دانستی با این همه برای لحظاتی دچار دغدغه واضطراب شدم. به هتل رفتم بعد از کمی استراحت که از تشویش و دغدغه‌ام کاسته شد. دوش گرفتم، لباس مناسب مهمانی شب را پوشیدم و با راهنمایی یکی از کارکنان هتل به فروشگاهی در آن نزدیکی رفتم. دسته گلی با جعبه ای شکلات و یک بطری شامپاین که در جعبه چوبی خوش طرحی قرار داشت خریدم و به نشانی که داده بودی به منزلتان آمدم. از صبح یک ریز برف باریده بود وهنوز هم می بارید. همه جا سفید بود، خیابانهای خلوت و باریک محله تان با درختان تنومند بلوط وکاج و خانه های ویلایی یک ویا دو طبقه با بامهای شیب دار سفالی پوشیده از برف در آن شامگاه منظره فوق العاده زیبایی داشتند. چراغ اکثر خانه ها روشن بود و جلو هر خانه‌ای چند اتومبیل پارک شده بود. من هم ماشینم را مقابل منزلتان نگه داشتم. ساختمان خانه‌تان دو طبقه بود و نمای سنگی بسیار زیبایی داشت. از محوطه پوشیده از برف مقابل ساختمان گذشتم، به پله های ورودی ساختمان که رسیدم صدای موسیقی را

شنیدم. صدای توام ویولن سل وپیانو بود. چه آهنگ ملایم و زیبایی مناسب با آن هوای برفی نواخته می شد، بخصوص صدای ویولون سل که بسیار تاثیر گذار بود. نگاهی به اطراف و به دانه های برفی که در تاریک روشن شامگاه آرام می‌آمدند انداختم. احساس کردم که دانه‌های برف هم تحت تاثیر موسیقی، حرکت وچرخشی دیگر یافته‌اند .احساس کردم موسیقی زبان بازکرده، ذهن و جان مرا می‌کاود و حرفهای ناگفته وپنهان دلم را بازگو می‌کند. دل و جانم مالامال از لذت شده بود. دوست داشتم در آن هوای برفی و فضای ساکت وخلوت همچنان بایستم و به صدای ویولون سل و قطعه ای که نواخته می‌شد گوش کنم. لحظاتی کنار در ایستادم و به موسیقی گوش سپردم. دانه های برف هم آهنگ با نوای موسیقی در هوا آرام می‌چرخیدند و بادی ملایم بر آنها می‌توفید و من غرق در لذت بودم. بعد از دقایقی فکر کردم بهتر است پیش از آن که از برف پوشیده شوم در بزنم. زنگ در را که زدم، صدای موسیقی قطع شد و کمی بعد تو در را گشودی وآراسته وخندان به پیشوازم آمدی. هرگز آن نگاه زیبا و مملو از عشق تو را وقتی در را گشودی فراموش نمی‌کنم. انگار از آمدن من برای دیدار و آشنایی با پدر وبرادرت بسیار شاد بودی. در را که گشودی و نگاه بر چهره وتن من انداختی. با تعجب گفتی خدای من تو چقدر برفی شدی وخندیدی و با دست شروع به تکاندن برف سر وشانه هایم کردی و مرا که کمی مشوش دیدی در حالی که به داخل منزل دعوت وهدایتم می‌کردی، دستم را فشردی وگفتی راحت باش و کنار هم البته تو کمی جلوتر ازمن وارد شدیم. پدرت وآلفرد منتظر ما بودند. مرا به آنها معرفی کردی. پدرت با گرمی دستم را

فشرد اما آلفرد نه، خیلی رسمی و سرد با من برخوردکرد. پدرت که چند دانه برف

مانده بر روی سر وشانه ام را دید، پرسید:

- پیاده آمد ه اید؟

- نه، با ماشین آمدم.

- پس برف شدیدی می باره؟

- نه آرام و ملایم می آید.

- تعجب آوره در این فاصله کوتاه این همه برفی شدید؟

- صدای موسیقی را که شنیدم، ایستادم که گوش کنم. خیلی دلنشین بود. با هوای

برفی در این شامگاه وبارش برف خیلی هماهنگ بود ،آدم را متأثر می کرد.

پدرت خندید و گفت:

- شما شرقیها مخصوصا ایرانیها خیلی رمانتیک وشاعرانه فکر می کنید. من از این

روحیه واحساس شماها خوشم می آید. بله موسیقی قشنگی ست. ملودی آرامی

دارد. وکالیز سرگی راخمانینف [2] است. ادل با ویولون سل می نواخت. من از این

قطعه راخیلی دوست دارم، ادل هم بی نهایت زیبا می‌نوازد.

باخوش حالی گفتم:

- ادل با ویولون سل می نواخت!؟

تو خندیدی وگفتی:

- من وآلفرد می‌نواختیم. من ویولون سل، آلفرد پیانو.

Rachmanineff Vocalise [2]

من که هنوز در فضای متفاوت موسیقی بودم از شنیدن این که تو آن را با ویولون سل می نواختی به وجد آمدم. گفتم:

- نگفته بودی موسیقی بلدی و ویولون سل می نوازی. تبریک می‌گم، فوق العاده بود.

تو خندیدی و گفتی:

- فکر نمی کردم زیاد مهم باشه، ویولون سل ساز محبوب منه از مامانم به من رسیده. من قبلا مثل آلفرد پیانو می‌نواختم اما بعداز فوت مادرم بابا ازم خواست که ویولون سل مامان را داشته باشم. چون همیشه وقتی دلتنگ بود، مامان برایش با ویولون سل آهنگی می نواخت. من هم نواختنش را یادگرفتم وحالا ساز اصلیمه. هر وقت بابا بخواهد براش می نوازم. توهم اگر بخواهی برای تو هم می نوازم.

گفتم:

- بله حتماً هر روز خواهم خواست، تو خیلی عالی می نوازی.

پدرت گفت:

- بله خیلی خوب می‌نوازد از مادرش هم بهتر. اما نمی‌دانم هر وقت که ویولون سل را برای نواختن در دست می‌گیرد. چرا دگرگون میشود.

تو هم در تائید صحبت پدرت گفتی:

- بله درسته، همیشه همراهمه، هر جا برم. چون وقتی آن را برای نواختن در دست می‌گیرم و بغل می کنم احساس می کنم مادرم رابغل کرده ام.

پدرت با شنیدن جمله آخرت انگار نخواست که صحبتت در آن مورد ادامه داشته باشد در حالی که با دست مرا به نشستن دعوت می‌کرد، گفت:

-   خیلی خوب، بفرمائید بهتره بنشینیم و چیزی بخوریم.

نشستیم تو به رسم ما ایرانیان و در حقیقت نوعی احترام و خوش آمد گویی به من چای دم کرده بودی و در فنجانی بلورین چای آوردی. پدرت ازتحصیل وشغل وخانواده ام پرسید و ازهدفها و برنامه ها و سرگرمیهایم سوال کرد.

در جواب گفتم که از یک خانواده متوسط فرهنگی هستم، پدرو مادرم هر دو آموزگارند و خواهری دارم که اکنون دانشجوست. قصد دارم در فرانسه بمانم و کار بکنم و زندگیم را بسازم.

پدرت از این که از یک خانواده فرهنگی بودم بسیار خوشحال شد. آشنایی بسیار خوبی با فرهنگ وتاریخ ایران داشت. بسیار گرم صحبت می کرد و من از صمیمیت او و آلفرد که دیگر نگاهش دوستانه ومهربان شده بود، بسیار دلگرم شدم. ساعتی بعد وقتی من وتو برای رفتن به رستوران از خانه خارج می شدیم. پدرت که تا دم در ما را بدرقه می کرد گفت:

-   ممنونم که آمدی، ادل در این مدت از شما بسیار تعریف کرده بود و من مشتاق بودم که شما را ببینم اما فکر نمی‌کردم این همه خوش تیپ و صمیمی باشید. باید به ادل تبریک بگویم شما جوانی خوش سیما، برازنده و نجیب هستید، بسیار از آشنائی با شما خوشوقت شدم اما باید بدانی که ادل هم بسیار متفاوت و فوق العاده است. او جدا از زیبایی و سواد ودانایی فوق العاده‌اش، روحی حساس

و دلی مهربان دارد. من همیشه به وجود او افتخار می کنم.

و من در حالی که دستش را می‌فشردم گفتم:

- ممنونم آقا، من هم از آشنایی با شما و آلفرد خوش وقت شدم و ممنونم که مرا پذیرفتید. امیدوارم شایسته تعریف شما و ادل باشم.

تو خنده کوتاهی کردی و گفتی:

- هستی.

پدرت گفت:

- بله هستید.

بعد از سرشوخی دست بر شانه من نهاد و گفت:

- ادل گفته بود که تو هم سبیل داری و از فرم و شکل سبیل تو خیلی تعریف کرده بود.

در حالی که به سبیلهای پرپشت قهوه ای روشن خودکه بالای لب و پهنای صورتش را پوشانده بود اشاره می کرد. ادامه داد:

- سبیل باید پرپشت و پر هیبت باشد، نه باریک و اشرافی. سیبلهای شما باریک و شیک هستند، همین است که دخترها خوششان می آید. یک کمی به آن برسید. پرپشتش کنید.

و در حالی که می‌خندید با دست بر پشت من زد و گفت:

- شب خوش، بروید، بروید خوش بگذرانید، راستی شب در هتل نمانید بیائید این جا.

خداحافظی کردیم و بیرون آمدیم. من از صمیمیت و تعریف و تمجید و دعوتش که شب در هتل نمانم، بسیار شاد و دلگرم شدم. چون فهمیدم که مرا بعنوان داماد و عضوی از خانواده اش پذیرفته از در مقابل ساختمان خانه تان که خارج شدیم. مقابلت ایستادم، دستانم را مشت کردم و برکمرم زدم و در حالی که سینه بالا داده و باد به گلو انداخته بودم باغرور وخوشحالی گفتم:

- مردجوان برازنده ونجیب، خوش تیپ و باسواد، متوجه شدید خانم.

و تو در حالی که می‌خندیدی دست بر بازوی من انداختی و گفتی:

- معلومه آقا، چون شما همینطورید .

و من دستت را که به بازویم انداخته بودی بوسیدم و گفتم:

- ممنونم عزیزم.

و به طرف ماشین راه افتادیم اما خنده دارترین لحظه ها در آن عصر وشب تعطیلی، ریپ زدن و خاموش شدن و درجا ماندن مرتب ماشین دست چندمی اسقاطی من بود و تو با آن لباس شب و سرو وضع آراسته وقتی سوار می‌شدی، نمی‌دانستی که احوالش زیاد خوب نیست.

از منزل شما که راه افتادیم. هرچند صد متر ریپ می‌زد و خاموش می‌شد. نمی‌دانم چه دردش بود. چون قبل از آمدن به کلررمونت فران در لیون داده بودم حسابی به آن رسیده بودند اما از شانس بد من آن شب آن را در آورد و شروع به ریپ زدن و خاموش شدن کرد. هر چند صدمتر ریپ می‌زد و خاموش می‌شد و برای دوباره روشن کردنش گاه تو با آن سر و وضع هلش می‌دادی و گاه من از ازتو می‌خواستم

که پشت فرمان بنشینی و استارت بزنی و من هلش می‌دادم و تو چقدر متلک بارانم
می‌کردی و آخرین بار که خاموش شد و من مرتب استارت می‌زدم تا روشنش کنم.
خواستی که از خیر ماشین بگذریم و گفتی:

- بهتره این قراضه را همین جا کنار خیابان بگذاریم و با تاکسی برویم، چون
فکر نمی‌کنم روشن بشه، روشن هم بشه باز خاموش خواهد شد. انگار این
حرف به غیرت ماشین رنو مدل ۱۹۸۵ من برخورد. چون تا جمله‌ات را تمام
کردی روشن شد و راه افتاد و دیگر نه ریپ زد و نه خاموش شد و من گفتم:

- ببین دیگه ازاین حرفها نزن چون به غیرت ماشین من برمی‌خوره وتو چقدر
خندیدی. آه چه عصر پر خاطره ای بود.

شب که دیروقت به خانه برگشتیم. پدر و برادرت خواب بودند. مرا به اطاق
مهمان بردی. هنگام خواب وقتی عطر نفسهایت روی لبانم نشست .. شوری یافتم که
هرگز فراموش نمی کنم. آه ای کاش زمان نمی گذشت و می ایستاد و آن روزها و
لحظه هم چنان می بودند .

فردای آن روز که هوا آفتابی بود. همراه پدرت و آلفرد به بیست اسکی رفتیم. البته
نه با ماشین من بلکه با ماشین پدرتو. به پیست که رسیدیم. پدرت از ما جدا شد.
گفت که سردش است. می خواهد تو کافه بنشیند و روزنامه بخواند و از پشت
شیشه اطراف را تماشا بکند. قیافه اش کمی تغییر کرده بود. چهره گرد استخوانیش با
آن سبیل پرپشت و نگاه مات کمی گرفته به نظر می رسید. تو پرسیدی بابا
نمی‌خواهید اسکی برید؟ لبخندی زد و با تکان سر گفت نه وبه داخل کافه رفت و

تو که با نگاهت تعقیبش می کردی برگشتی و گفتی برویم. من گفتم:

- فکر می کنم خواست مارا تنها بگذارد .

تو گفتی:

- نه بیشتر یاد مادرم است. در دوره نامزدی با مامان روزهای زیادی را این جا گذارنده‌اند. فکر می‌کنم می‌خواهد در تنهائیش یاد آن روزها را مرور بکند. دوباره برگشتی و نگاهی به پدرت که در صندلی کنار پنجرهِ نشسته بود، انداختی و برگشتی دست مرا گرفتی و گفتی برویم. آلفرد جلوتر از ما حرکت می‌کرد. به بالای پیست که رسیدیم، چون من اسکی بلد نبودم مجبورشدیم سورتمه سوار شویم. قرار شد به نوبت یکی بنشیند و آن دوتای دیگر سورتمه را هل بدهند و بعد بپرند و سوار شوند. نخست تو را در سورتمه نشاندیم و من و آلفرد سورتمه را با تمام توان هل دادیم و پریدیم تا سوار شویم به همدیگر برخوردیم و روی تو افتادیم و سورتمه چپه شد. دفعه بعد من نشستم وبعد آلفرد اما هربار نتوانستیم درست عمل کنیم و سورتمه چپه شد. بعد از چند بار امتحان آلفرد دلسرد شد وگفت که می‌خواهد اسکی برود و از ما جدا شد و من و تو به سورتمه سواری ادامه دادیم وتا عصر چقدر چپه و وارونه شدیم. چقدر توانستیم تا انتهای پیست پائین بیاییم و چقدر برف بازی کردیم و به سروکله هم گلوله برف زدیم و خندیدیم. چه روز شاد و خوبی بود. آه زمان چه تند می گذرد و آدم چه زود می فهمد زمان را از دست داده و خیلی چیزها وآدمها، گذشته وخاطره شده اند.

۲

دختر جوان و زیبا که کمی جلوتر از من قدم بر می دارد، علاوه بر ساک سفید وسیاه چرمی نسبتا بزرگی که از شانه‌اش آویخته، چمدان بزرگ قرمز رنگ سنگینی را می‌کشد. بسیار شاد و پر انرژی می‌نماید. همانطور که می‌رود، نیم نگاهی هم به من دارد. نگاه ورفتارش ظریف و شیرین چون نگاه و حرکات توست. دقت که می‌کنم. رنگ چشم و موهایش هم مثل تو سبز روشن و طلایی مایل به زیتونیست اما در نگاه ولحن تو رنگ وآهنگ دیگری بود که من هرگز در صدا و نگاه هیچ زنی ندیده ام. تو نور و صدا را احساس می‌کردی. انگار نوعی الهام و اشراق بین و تو و آنها برقرار می‌شد. خاطرم هست، یک روز عصر که تازه زندگی مشترکمان را شروع کرده

بودیم، باران می‌آمد .تو پنجره را گشودی و نور باریک وکم رنگ خورشید را که از میان ابرهاگذشته بود و روی برگهای درخت یاسمن پای پنجره نشسته بود با انگشت نشان دادی و گفتی:

- صدایش را می شنوی؟

پرسیدم:

- صدای باران را؟

گفتی:

- نه، صدای نور را روی برگها، کمی با دقت گوش کن. ببین نور با آهنگ باران چه موسیقی ای آفریده.

و من خیره به نور گوش دادم. درست می‌گفتی موسیقی دیگری در جریان بود و شاید هم احساس تو بود که در من القا می شد. تو روح وجان وحس دیگر داشتی. نور و صدا را مبدل به کلمه می‌کردی. کلماتی که حقیقت دنیای ما و ذهن و حس زیبای تو وتمام زیبایی جهان بود. من آنها را از تو می‌شنیدم وچقدر از بودن درکنار تو خوش حال و خوشبخت بودم. بگذار بگویم تو **بهترین و بزرگترین هدیه زندگی من بودی** و من به داشتن تو چقدر افتخار می کردم اما افسوس نتوانستم تو را حفظ کنم. یعنی تقدیر نگذاشت و تو را از من گرفت. آنانی که نمی‌توانستند زیبایی را ببینند. صدا و موسیقی نور را در برگ برگ یاسمن کشتند. کلمات تو را، نجوایی که ناتمام ماند.

٭

آن روز که از سفر برگشتی از پارکینگ ایستگاه قطار که خارج شدیم تا برسیم به خانه یک ریز حرف زدی. از سفر جالب اما پرخطرت گفتی از چیزهایی که در طول سفر دیده بودی از وضع پناهنده‌ها و مسائل آنها و چیزهایی که شنیده بودی. حرف زدن و تعریف کردنت مثل نوشتنت بود. کوتاه، بی حاشیه در یک کلمه و یا یک جمله. بعضی شبها که به تماشای فیلم سینمایی و یا تئاتری می رفتیم، بعد از تماشا وقتی نظرت را می‌پرسیدم، جواب یک کلمه ویا جمله‌ای کوتاه بود "خراب" "محشر" و یا "یک ملودرام متوسط". این‌ها جوابهای تو بودند. سبک نوشتن و توصیف کردنت هم همین طور بود. کوتاه وساده، طرز واصولی که در دوره کوتاه آموزش روزنامه نگاری یاد گرفته بودی، بعدها باچند روزنامه و مجله که شروع به همکاری کردی. این نوع نوشتن را در مقاله هایت بیشتر بکار می‌بردی، نوشتن متن با جملات کوتاه شیوه نوشتن توشد. انصافا هم با دقتی که در انتخاب کلمه ها بکار می‌بردی، نوشته‌هایت عالی وگیرا بودند، نثری موسیقیایی‌کوتاه و تاثیر گذار. در حین همکاری با روزنامه ها وروزنامه نگارها بودکه بانهادها و سازمانهایی که در راه دفاع از حقوق بشر و خدمت به انسانها و بخصوص جنگ زده ها، فقیرها و آواره‌ها بودند آشنا و عضو شدی و شروع به همکاری با آنها کردی.

تو احساسی ظریف و دلی بسیار مهربان داشتی و همیشه در فکرانسانها و حتی حیواناتی بودی که به کمک نیاز داشتند. کمک نه، به گفته خودت. "خدمت کردن" معنای حقیقی زیستن وبودن تو بود. هرگز فراموش نمی کنم. شبی را که بخاطر گربه‌ای زخمی خوابت نمی‌برد. ماه دوم زندگی مشترکمان در لیون بود.

شامگاه پیاده از گردش عصرانه به خانه برمی‌گشتیم که بچه گربه‌ای را با پایی خونین دیدیم. خواستی نزدیکش شوی. لنگان به زیر پل جوی آب رفت. کمی ایستادیم اما نتوانستیم ببینمش. به خانه که برگشتیم تمام فکرت پیش اون بود. نتوانستی بخوابی، همه‌اش می‌گفتی. اون یک بچه گربه بود. تواین سرما با آن پای زخمی می‌میرد. چراغ و یک پاکت شیر با یک سبد برای حمل او برداشتیم و به محل بازگشتیم و به هر زحمتی بود به زیر پل رفتیم. خوشبختانه گربه آن جا بود. گربه کوچولوی پشم آلوی خاکستری با چشمانی بلوطی رنگ، پای راست عقبش شکسته وخونین بود. کمی ضعیف و بی حال به نظر می رسید. فرار نکرد اما ترسیده بود. تو برداشتی و نوازشش کردی و وقتی فهمیدی پایش آسیب دیده گفتی باید به درمانگاه ببریم در درمانگاه دامپزشک بعد ازمعاینه وگرفتن عکس رادیولوژی گفت که پایش شکسته و باید جراحی شود. بعد پرسید این گربه مال شماست؟ گفتی نه هنگام گذر دیدیم که زخمیست، برای درمان آوردیم. دامپزشک تشکر وقدردانی کرد و توحاضر شدی هزینه جراحی را بپردازی و چند روزی که در درمانگاه بستری بود هر روز بدیدنش می‌رفتی. روزی که برای تسویه حساب و ترخیصش به درمانگاه رفته بودی، می‌گویند خانم مسنی آمد وسراغ گربه را گرفت و گفت که گربه مال اوست و تسویه حساب کرد و گربه را برد و تو چقدر خوشحال شده بودی که گربه کوچولو جا وسرپناهی دارد.

بعد از آشنایی با نهادهایی که در راه خدمت به بشر بودند. بیشترین توجهات را به مسائل پناهنده‌ها و مهاجران قرار دادی و در پروژه‌ی تحقیقی مشترک با دکتر یوهان

الوسون و دکتر اونیکا بری از دانشگاه کپنهاک روی مشکل تفاوتهای زبانی وزندگی پناهنده‌ها ومهاجران وآواره های جنگی مشغول کار و تحقیق بودی. با مهاجران و پناهنده های افغانستانی. عراقی، سوری، سومالیایی، مصری وافریقایی قرار ملاقات می‌گذاشتی وگفتگو می‌کردی و لحظات زیادی را با آنها می‌گذراندی و از صحبتها و گفته ها ونقل قولهای آنها یادداشت برمی‌داشتی. می‌دیدم که با چه دقت وعلاقه‌ای برای هرگروه از پناهنده ها از کشورهای مختلف، پرونده‌ای درست می‌کردی. می‌خواستی تطبیق فرهنگی آنها را درکشورهای مختلف اروپا ارزیابی کنی. در پروژه ای که از طرف سازمان تحقیقات اتحادیه اروپا تامین بودجه وهزینه شده بود. دوست داشتی در کنار این کار تحقیقی، روی موسیقی و زبان آنها هم کار بکنی و اطلاعاتی جمع کنی. به مشکلات آنها چون آسیبهای روانی، غم دوری از خانه و وطن و بیماری غربت فکر می کردی و معتقد بودی باید محیطهایی چون باشگاه یا خانه فرهنگ، هماهنگ با فرهنگ وهنر سرزمین هر گروه از پناهنده ها بوجود آورد. و به زبان و شعر وهنر و موسیقی سرزمینی آنها اهمیت داد و معتقد بودی که بوجود آوردن این مسائل، آنها را دلگرم وخشنود می کند. برای همین هم هر چند ماه. به یکی از کمپ های پناهنده ها در کشورهای مختلف اروپا می رفتی. این بار اما خطر کرده به ترکیه رفته بودی. میان پناهنده های سوری و عراقی. از مرز ترکیه وعراق گذشته به میان مردم سرگردان قوم ایزدی و هم چنین به میان دختران جنگجوی شهر کرد نشین کوبانی رفته بودی . همکاران تحقیقت دکتر اونیکا بری و دکتر یوهان اولوسون در این سفر همراه و دستیارت بودند. دوست داشتی با پناهنده ها به خصوص با

کودکان و نوجوانان بیشتر گفتگو و مصاحبه کنی. عجله داشتی می‌خواستی هر چه زودتر با کمک دوستانت به پروژه‌ات سروسامان دهی. اگر چه من بخاطر سلامتیت چندان از فشردگی کار وسفرهای مکرر تو راضی نبودم و چند بارهم که ازت خواستم که کمی به سلامتی واستراحت برسی، گفتی تلاش می‌کنی که پروژه‌ات را زودتر تمام بکنی. چون ممکنه که با گزارش کامل تحقیق تو وهمکارانت برای پناهنده‌ها امکانات رفاهی بیشتر فراهم شود. ولی فرصت نیافتی و من فکر می‌کنم هر آن چه که می خواستی و باید می‌کردی، انجام دادی.

*

دختر جوان و زیبا. برمی‌گردد نگاهی به من می‌اندازد و لبخند می‌زند.

*

به خانه که رسیدیم. مشغول گشودن کیف وچمدانت شدی و من به آشپزخانه رفتم تا چایی آماده کنم. نخست نوشته ها و لب تابت را به اطاق مطالعه بردی و روی میز تحریرگذاشتی چون برایت خیلی اهمیت داشتند، بعد برگشتی و جعبه شیرینی لوکوم که از ترکیه گرفته بودی از چمدان در آوردی، می‌دانستی که من خیلی دوست دارم، آوردی روی میز آشپزخانه گذاشتی و گفتی برای توست عزیزم، البته برات کلاه بافتنی پشمی هم گرفته‌ام که زمستان حال کنی و خندیدی. می‌دانستی که ازکلاه‌های بافتنی پشمی چندان خوشم نمی‌آید. برای همین قصد داشتی سربه سرم بگذاری و کمی شوخی کنی. چون یکبار که از آن نوع کلاه‌ها در بازار یکشنبه‌ها در پاریس در یکی از خیابانهای اطراف میدان باستیل روی میز یکی از فروشنده‌های ترک دیدیم. یکی را

روی سرم گذاشتم وامتحان کردم و از تو پرسیدم چطوره؟ نگاهم کردی و زدی زیر خنده و گفتی قیافه‌ات با این کلاه خیلی عالیه، عین دزدان دریایی شده ای. باید خودتو تو آینه ببینی و بازخندیدی، چه خنده هایی و با موبایلت عکسم را گرفتی و من که حسابی حالم گرفته شده بود، نمی‌دانستم که چه بگویم. کلاه را از سرم برداشتم و سرجایش گذاشتم وگفتم باشه جوابت را بعدا می‌دم و راه افتادم. زمستان بود نزدیک ژانویه، برای خرید و دیدار دوستانمان به پاریس آمده بودیم و تو از این که چند روزی را در پاریس خواهیم بود و دوستانمان را خواهیم دید. بسیار خوشحال بودی اما بیشتر دوست داشتی که با من پاریس را بگردی در هر یک از خیابانها لحظاتی را سپری کنی، هنگام گردش وپیاده روی همیشه دست در دستم بود. هر جا که با هم می‌رفتیم. یعنی بهتره بگویم که از همان روز آشنائی چنین بود. دستت همیشه در دست من بود اما من فقط دوبار دستت را کمی محکم فشرده بودم. یک بار در روز بعد از آشنائیمان در جشن عروسی پی یر در پایان جشن هنگام خداحافظی وقتی که می‌خواستی سوار تاکسی شوی و من هیجان زده از سر عشق دستت را میان دستم گرفتم با تمام محبت فشردم وبوسیدم. چون می‌خواستم تمام گرمای تنت، جریان طپش قلبت را در دستم حس کنم و تو متوجه شدی و لبخند زدی. بار دوم همان روز وقتی خندیدی و متلک بارانم کردی. من با حال گرفته کلاه را در آوردم و به فروشنده پس دادم و راه افتادم و تو خنده کنان پشت سرم آمدی و دست به بازویم انداختی و من آزرده دستت را میان دستم گرفتم و از عصبانیت وبرای جبران فشردم. می‌خواستم دردت بیاید اما نتوانستم محکم فشار دهم. لبخند شیرین تو وصافی روح

و فکرت تمام دلم را گرفت. لحظه‌ای چشم در چشمت دوختم. بعد خندیدم. دستت را بوسیدم و گفتم باشه یکی طلبت. از آن به بعد، هر وقت می‌خواستی سر به سر من بگذاری. عکسم را در موبایلت نشانم می‌دادی و گاه برایم پست می‌کردی. وقتی که گفتی که از ترکیه برایت کلاه پشمی بافتنی‌خریده ام. فکر کردم باز سر به سرم می‌گذاری اما کلاه را که از ماهوت سرمه ای رنگ تیره با لبه‌ی نسبتا پهن بود از جعبه‌اش که در آوردی و نشانم دادی، فهمیدم که کلاه با ارزشیست، با فرم و شکل دیگر و دوختی مناسب. تشکر کردم و گرفتم وروی سرم گذاشتم و پرسیدم: قیافه‌ام چطوره. مثل دزدان دریایی ست؟ خندیدی و گفتی نه عزیزم عالیه. یک مرد خوش قیافه و جذاب. چقدرهم بهت می آید. گفتم ممنونم. دیگر وسایلت را از چمدان برداشتی وچمدان را بردی در انباری پشت کمد لباسها گذاشتی. بی تاب بودی بی تاب برای گفتن، انگار چیزی درونت را می‌کاوید. خالی کردن چمدان و ور رفتن با وسائل بهانه بود. انگار چیزهایی را درتمام مدت سفر در سینه‌ات جمع کرده بودی تا نزد من که همدم و هم صحبت و سنگ صبورت بودم بگویی و بیرون بریزی. همیشه کارت همین بود. من تنها پناه وشنونده‌ی حرفها وگله ها و فریاد و خشمت بودم. می‌دانستی که چقدر دوستت دارم و می‌دانستم که چقدر به من علاقه داری و وابسته‌ای. بعد از گذاشتن چمدان برگشتی و مقابلم ایستادی وبی مقدمه شروع به گفتن کردی:

- جنگ، جنگ هرگز فکر نمی‌کردم این همه مصیبت بار باشه. من واقعیت جنگ ومرگ رادر سوریه دیدم. نمی‌دانم چطور تعریف و توصیفش کنم. هیچ

کس نمی‌تواند. باید آن جا باشی تا حقیقت انفجار بمب وگلوله و ریختن و ویران شدن همه چیز را وکشته شدن آدمها راببینی. باید آن جا باشی تا آه وناله زخمیها و ناله وفریاد کودکان ترسیده را بشنوی. عده ای برای این که پول و قدرت داشته باشند. اسلحه بفروشند. حاکم باشند. مزدور اجیر می کنند. بمب سرمردم می‌ریزند. شهرها وروستاها را ویران و مردم بی‌گناه وبی دفاع را کشته و زخمی و بی پناه وآواره می کنند. خدای من این چه دنیاییست که ما برای خودمان ساخته ایم؟ ای کاش این بمبها واسلحه ها ساخته نمی شدند. ای کاش این همه دشمنی و کشتار نبود

جمله ات را تمام کردی و بغضت گرفت. رو برگرداندی و کنار پنجره رفتی و چشم به بیرون دوختی. این عادت همیشه توبود. وقتی از مسئله ویا چیزی ناراحت و عصبانی می شدی وغمت می گرفت برای این که خشم وگریه ات را از من پنهان کنی کنار پنجره می‌رفتی و چشم به بیرون به افق دور می‌دوختی ومن دانستم که از آن همه مسائل که دیده ای بسیار آزرده ای. کمی ایستادی وبعد برگشتی و لبخند تلخی زدی، انگار ازاین که با تعریف و توصیفت مرا متأثر و غمگین کرده‌ای شرمگین بودی. نزدیک آمدی تا چیزی بگویی. بغلت کردم و دست نوازش به پشتت کشیدم وگفتم:

- تو تازه رسیده‌ای و خسته‌ای عزیزم. بهتره کمی استراحت کنی، بعدا تعریف می کنی.

نگاهت را با شرمگینی تو نگاهم دوختی و گفتی: ولی

حرفت را قطع کردم وگفتم:

- بالاخره این واقعیت دنیای ماست اما من و تو آن را نساخته‌ایم در این جنگ هم هیچ نقشی نداریم. تعریف سفرت را بزار برای بعد حالا بهتره به خودت برسی. برو دوش بگیر، بیا کمی استراحت کن، بعد .

سرت را پائین انداختی وبه حمام رفتی و در را بستی و شیر آب را برای پرکردن وان حمام باز کردی و من از پشت در صدای گریه ات را می شنیدم.

عصر همان روز هنگام گردش در حاشیه رودخانه رن شروع به تعریف کردی و گفتی:

- نادر در این سفر مرا جاهایی بردند. اوضاعی دیدم که هرگز فکر نمی‌کردم. نمی‌توانی تصورکنی که چه وضعی بود. اما چیزی که برایم غیر قابل تصور بود. روحیه و امید مردم بود. خدای من تو آن وضع آوارگی و دربدری، میان آن همه ویرانی وجنگ به فکر زندگی بودند. به فکر ساختن دوباره زندگیشان، شاید این طبیعت و خصلت همه‌ی آدمهاست اما آنها طور دیگر بودند. روز سوم، کار ما که درکمپ پناهنده‌ها تمام شد با راهنمایی یک جوان کرد که انگلیسی خوب می‌دانست و به همراه دومحافظ از مرز ترکیه گذشتیم و به شهر آزاد شده کوبانی رفتیم. من فکر می‌کردم شهرسالم و برجایی ببینم اما شهر کلاً ویران شده بود. هیچ ساختمان سالم وآبادی دیده نمی‌شد اما زندگی هم چنان ادامه داشت. مردم هنوز با امید زندگی می‌کردند. زنان ومردان کنارهم با دلیری جنگیده بودند و می‌خواستند بجنگند تا شهر وسرزمینشان را حفظ بکنند. دو شبانه روز

آن جا بودیم. روز سوم به همراه همان جوان کرد و چند دختر وپسر جوان جنگجو ومسلح که مارا همراهی و محافظت می‌کردند به شمال عراق رفتیم. البته رفتن به شمال عراق پیشنهاد آنها بود. ما را در شمال عراق میان کوهستان در پائین دره ای میان مردمی از قوم ایزدی بردند که از شهر وروستاهایشان گریخته و آن جا پناه گرفته بودند. صبح هوا تازه روشن شده بود که به آن منطقه رسیدیم. تمام شب را برای پنهان ماندن از دید نیروهای داعش راه آمده بودیم. در عمق کوهستان دره عمیق مه گرفته ای بود که گفتند. پناهگاه ایزدیهای آواره است. برای رفتن به پائین دره باریکه راه پر پیچ وخمی بود که با اتومبیل نمی شد رفت. راهنمایمان که از اهالی همان منطقه بود، گفت اتومبیل را باید همان جا بگذاریم. ناگزیر اتومبیلها را کمی پائین تر زیر درختان بادام قرار دادیم و رویش را با شاخه وبرگ پوشاندیم و پیاده به سمت دره راه افتادیم. چیزی نزدیک به یک ساعت تاپائین دره راه رفتیم. نمی‌شد تند رفت، راه باریک و مه آلود وباران زده ولغزنده بود. به پائین دره که رسیدیم در گودی ایوان مانند دامنه‌ی کوه پناهگاه آنها را یافتیم. منتظر ما بودند. خبر داشتند که می‌آئیم. جای زیبایی بود. دره ای سبز، پر از درختان بادام وبلوط کوهی وگردو. در وسط دره جوی باریکی جاری بود. با وجود آن همه طراوت وآرامش در آن دره با طبیعت زیبا میان مردم گریخته از خانه و دهکده هیچ شادی نبود. در نگاه تک تک آنها غم بود ویک پرسش که می توانستی از نگاهشان احساس بکنی:

- چرا چنین شد. کی این وضع تمام خواهدشد؟

من این را در همان لحظه ورود و سلام واحوال پرسی با آنها فهمیدم. چه غم سیاهی در درون نگاهشان بود. گفتم می دانستند که می‌آئیم. منتظر ما بودند. وقتی رسیدیم صمیمانه از ما استقبال کردند با وجود کمبود آذوقه و وسایل چای وصبحانه آماده کرده بودند. برایشان پتو و قند وچای و بیسکویت، چند بسته آرد و کنسرو گوشت ودارو و چسب زخم و لباس برده بودیم. . بعداز احوالپرسی وآشنایی تا ظهر با ما از همه چیز صحبت کردند. بسیاری از مردان آنها را داعش کشته بود .دختران و زنهای خیلی از آنها را به اسارت برای فروش برده بود. تعداد کمی که گریخته ومانده بودند به آن دره پناه آورده و با ابتدائیترین وسایل دهکده کوچکی را برای خود ساخته بودند. اما خدای من چه روحیه ای داشتند. نخست فکر می‌کردند که ما از طرف سازمان ملل آمده‌ایم. به آنها گفتیم که ما چند دانشگاهی هستیم که بخاطر علاقه‌مان روی مسائل آنها مطالعه می‌کنیم و فقط برای دیدن آنها و اطلاع از وضع زندگی آنها آمده‌ایم اما توجه نکردند شاید هم برایشان مهم نبود که کی هستیم. فقط می‌خواستند از مسائل ومشکلاتشان بگویند. می‌خواستند حرفهایشان را به گوش همه برسانند. آرزو داشتند اوضاع درست بشه و آرامش و امنیت داشته باشند و به شهر وروستایشان برگردند. کنار تک تکشان نشستیم و صحبت کردیم و عکس و فیلم گرفتیم. ظهر که می‌خواستیم برگردیم تا شبانه از منطقه بگذریم. گفتند: نروید، امشب عروسی داریم. برای من و دکتر اولسون و دکتر اونیکا بری باورکردنی نبود. عروسی آن هم در آن وضع؟ دیدیم یک دختر زیبا هیجده ویا نوزده ساله با یک پسر بیست الی بیست یک ساله که از قبل خاطر خواه هم بوده‌اند آن شب

عروسیشان است. پسر، یکی از مردان مدافع دهکده و منطقه بود. از انگشت شمار
مردانی که مانده بودند . قبول کردیم و خوشحال کنارشان ماندیم. شامگاه در محوطه
نسبتا بزرگ دایره مانند آتش افروختند وپتو پهن کردند. همه گرد هم نشستیم. شام
را که آوردند، دیدیم از چند خرگوش و دو پرنده که شکار کرده بودند. خورشت
درست کرده اند، و در یک دیگ بزرگ مسی برنج پخته بودند. عروس پیراهنی
سرخرنگ به تن داشت، به جای تور سفید چند گل سفید برسرش بصورت تاج
گذاشته بود. دامادهم بخودش رسیده بود. ریشش را تراشیده و موهایش را آراسته بود.
پیراهنی سفید با شلواری جین و جلیقه ای سرخ به تن داشت ، به نظر من در آن جا و
در آن وضع هر دویشان بسیارآراسته بودند. آنها را روی دو تا تنه درخت که چون
صندلی درست کرده بودند نشاندند و پیرمردی که انگار بزرگ دهکده بود.
عقدشان راخواند و وقتی آنهارا زن وشوهر اعلام کرد. جشن شادی با هله هله همه
شروع شد. با موزیک شروع به رقص و شادمانی کردند. شیرینی عروسی چند بسته
بیسکویت وشکلاتی بود که ما برده بودیم. رقص جمعیشان بسیار زیبا بود. ما هم به
آنها پیوستیم. همه دست در دست هم با موزیک دف ونی رقصیدیم. چه رقص
دستجمعی خوبی بود. اواخر شب که برای خوردن شام کنار هم نشستیم. پیرزنی که
کنار من نشسته بود، برگشت به طرف من چیزی گفت. از راهنمایمان پرسیدم که
چه می گوید. گفته اش را ترجمه کرد. پیرزن می گفت:

- این اولین شبی ست که بعد از ماه ها مردم ما غم شان را فراموش می کنند. کنار
هم جمع می شوند و شادی می کنند. ای کاش این جنگ وخونریزی زودتر تمام

شود.

برای دلداری دست بر روی دست پیرش گذاشتم و آرام فشردم و با لبخند وتکان سر به او نشان دادم که مشکلات آنها را می فهمم اما در عمق نگاه اوغم دیگری بود. غمی که نمی توانم فراموش بکنم. غم یک دنیا حرف و حسرت گذشته، چیزهایی که داشته اند. دوستانشان، فرزندانشان، خانه و ده وشهر و آرامش مملکتشان. او چیزی نگفت اما با نگاه و سکوتش به من فهماند که وسعت غم و مشکلات او چیز دیگریست که من نمی‌توانم بفهمم و حس کنم. نیمه شب همان شب از آنها خداحافظی کردیم وبرگشتیم. از آن شب به بعد همیشه چهره ونگاه آن پیرزن مقابل چشمانم است، نمی توانم فراموش کنم.

صحبت را که تمام کردی، سرت را برگرداندی و چشم بر رودخانه دوختی که به آرامی زیر نور ماه در جریان بود. چشمانت پر از اشک شده بود و غمی تیره و عمیق درونشان موج می زد. دستت را که میان دستم بود آرام فشردم و گفتم بیا کمی روی یکی از این نیمکتها بنشینیم. گفتی آن جا بهتره بیا بریم پائین آن جا بنشینیم. آرام از پله ها پائین رفتیم و روی نیمکت حاشیه رود نشستیم و تو هم چنان ساکت ومغموم چشم بر رود داشتی. من که متوجه غم وناراحتی تو بودم با نگرانی گفتم:

- ادل تو تا آن حد که می توانستی تلاش و کمک کرده‌ای، بهتره کمی هم بفکر سلامتی خودت و بچه ات باشی. نباید این همه خودت را آزرده و خسته بکنی. من نگرانتم.

نگاهی به من انداختی وبعد دست بر شکمت کشیدی و گفتی:

* نجوای ناتمام ادل

- حال من و این خوبه، نگران نباش این هم مثل مامانش صبوره.

و خندیدی.

۳

دختر جوان و زیبا کمی پا کند می‌کند .کنارش که می رسم می پرسد:

- اولین باره که با این نوع قطارها سفر می کنید؟

- نه مدتیست که سفر می‌کنم. البته همه قطارهای آلمانی کند و کهنه نیستند. بعضی
  از آنها از آن مدل های جدید خیلی تند می‌روند.

- ولی گرانند.

- کمی گرانند نه زیاد.

- شما همیشه با آنها سفر می‌کنید؟

-    نه همیشه من قبلاً زیاد سفر نمی‌کردم. اما از روزی که خانمم کشته شد. تنها شده‌ام وآرام و قرارم را از دست داده‌ام. بیشتر سفر می‌کنم، به جاهایی میروم که با او رفته بودم. سعی می‌کنم روزهایم را با سفر و مرور خاطره هایم بگذرانم.

-    کشته شدند. کجا!؟

-    در باتاکلان پاریس.

-    در باتاکلان پاریس در حمله ترویستها!؟

-    بله.

-    وای خدای من، خیلی متأسفم ..!

چشمان دخترک از تعجب و تأسف گرد و پر از غم شد. چند لحظه ایستاد و همانطور مات ومتأسف نگاهم کرد .بعد دستش را روی شانه‌ام گذاشت. برای تأسف و هم دردی فشرد و برگشت و نگاهش را به طرف دیگر به چند زن وکودک که از دور می‌آمدند دوخت.

*

آدم همیشه از یکی ازضعفهایش می‌میرد. این گفته‌ی تو بود. عصر روزی که با هم از مرگ بحث می‌کردیم. چند باردگفتی و تأکید کردی که آدم از ضعفهایش می‌میرد. هنوز صدایت در ذهن و جانم می‌پیچد و انعکاس دارد. اکنون تو نیستی تو را در باتاکلان پاریس کشتند. آنهایی که تو را کشتند، ندانستند که تو و بسیاری از آنها که آن جا نشسته بودند. دل وجانتان پراز ایمان برای خدمت به انسانهاست. اگر تو ضعفی

داشتی البته اگر بتوان آن را ضعف گفت. همین بود. عشق و محبت به انسانها و همه موجودات اما من این را توانایی تو می‌دانستم و می‌دانم وتو، بله تو از توانائیت مردی عزیزم.

*

به سکوی پنج که می‌رسیم. دختر جوان ساکش را که از شانه اش آویخته روی نیمکت می‌گذارد. کمی می‌ایستد و نگاهی به اطراف می‌اندازد و می‌گوید:

- هنوز ده دقیقه وقت داریم. قطار الان می‌رسد.

روی نیمکت می‌نشینم. او هم کنارم می‌نشیند. چشم بر ریلهای قطارکه موازی هم تا دور دست کشیده شده‌اند می‌دوزم. دختر زیبا نگاهش را تو صورتم می‌دوزد و می‌خواهد چیزی بگوید اما وقتی سکوت و در خود بودن مرا می‌بیند، ساکت می‌شود و نگاهش را بر می‌گرداند. نگاهش و حرکاتش عین نگاه وحرکات توست. مرا به چند سال پیش می‌برد. به جشن عروسی دوستم پی یر با دوست وهم کلاسی تو کریستین وآشنایی من با تو. اگرچه جشن عروسی آنها کوچک و ساده و بسیار مختصر بود اما بسیارگرم وصمیمی و برای من پر از شانس و خوشبختی بود. می‌گویم خوشبختی. این را باتمام وجودم می‌گویم. تو تمام حقیقت خوشبختی و شکوه در زندگی من بودی.

۴

پی یر وانسن دوست دوران مدرسه من شغل پدرش را برای خود انتخاب کرده بود.
از همان دوره مدرسه دوست داشت که خلبان شود. البته نه خلبان نظامی و جنگی
بلکه خلبان هواپیماهای باری که بلند پروازند و در ارتفاع بالاتر از چهل هزار پایی
وگاه بیشتر که هوا بسیار رقیق و میزان اصطکاک هوا بسیار کم و مصرف سوخت
هواپیما پائین است پرواز می‌کند و می‌تواند قاره‌ها را بدون نیار به سوخت تا مقصد
طی کند. پی یر یک ویا دوبار در پرواز حمل بار به پکن همراه پدرش رفته بود. با
چه شوقی تعریف می‌کرد و می‌گفت وقتی به ارتفاع بالاتر از چهل هزار پایی
رسیدیم، بالای تمام ابرها بودیم. هوا صاف و آبی بود، آبی محض. به هر طرف نگاه

می‌کردم فضای نامحدود بود. من حتماً خلبان خواهم شد. و در آن بالا پرواز خواهم کرد. بعد از تمام کردن دبیرستان به خواسته اش عمل کرد و به مدرسه ملی خلبانی رفت وآن جا تحصیل کرد و اکنون خلبان هواپیماهای باریست. حقوق خوبی می‌گیرد. در پاریس آپارتمان بزرگ و خوبی برای خانواده‌اش خریده و زندگی خوبی برای آنها فراهم کرده. من هرگز شکایت کریستین از پی یر را قبول نداشتم. پی یر آدم بی غل وغشیست. من می‌دانم در رابطه با زن وفرزندانش هم همانطور است. من با پی یر در دبیرستان آشنا شدم. درست در همان ماه های اول ورود و اقامتم در پاریس. غریب بودم و فرانسه را بالکنت وبسیار پرغلط صحبت می‌کردم، زبان سختی بود و من چند ماهی بود که آن را یاد گرفته بودم. برای همین در روزهای اول ورودم به دبیرستان در کلاس درس صندلی کنار دیوار را انتخاب کردم و گوشه گیر شدم و در اوقات فراغت وزنگ تفریح هم گوشه‌ای می‌ایستادم و یا وقتم را در کتابخانه ویا قدم زدن در خیابانهای اطراف می‌گذراندم. پی یر پسر مهربان و با هوشی بود، متوجه غربت و تنهایی و مشکل زبان من شده بود. نمی‌دانم روز دوم هفته دوم شروع مدرسه بود ویا هفته سوم که نزد من که در گوشه‌ای ایستاده بودم آمد و با تواضع و گشاد رویی خودش را معرفی کرد و پرسید که چرا تنها ایستاده‌ام واحساس غریبی می‌کنم. آن فهم ومعرفت او همیشه در یاد من است و من آن را هرگز فراموش نمی‌کنم. خودم را معرفی کردم و گفتم که تازه آمده‌ام ودوست وآشنا ندارم و زبان فرانسه‌ام هم بسیار ضعیف است و به زحمت می‌توانم صحبت بکنم. لبخند زد وگفت. نه توکه خوب صحبت می‌کنی. من هم کمکت می‌کنم. بیا

تورا به بچه‌ها معرفی بکنم . مرا به دوستان و هم کلاسیها معرفی کرد و از آن روز همیشه همراه من بود و در یادگیری زبان و درسها به من خیلی کمک کرد و من هرگز کمک او و محبت خانواده اش را که هر چند گاه همراه پی یر به خانه‌اشان می‌رفتیم و پدر و مادرش با خوشرویی از من استقبال می‌کردند، فراموش نمی‌کنم. در تمام دوره‌ی دبیرستان دوستان صمیمی هم بودیم تا این که او به مدرسه خلبانی رفت ومن به لیون برای تحصیل معماری آمدم اما همیشه با هم در تماس بودیم. روزی که با کریستین آشنا شد به من زنگ زد وجریان آشنایی اش را تعریف کرد .من از لحن صحبت پی یر فهمیدم که دلباخته کریستین شده و آنها بزودی با هم ازدواج خواهند کرد. به پی یر که نظرم را گفتم خندید و گفت هنوز تصمیم به ازدواج ندارد ولی بعد از سه ماه، اول بهار زنگ زد و خبر داد. گفت که پیش بینی من درست بوده او و کریستین نمی توانند بدون هم زندگی کنند. تصمیم گرفته اند که با هم ازدواج بکنند. دعوتم کرد و خواست که حتماً در مراسم ازدواج و جشن عروسی او کنارش باشم و چه جشنی بود. ومن چه شانسی داشتم که تورا یافتم. مراسم عروسی پی یر و کریستین در خانه ییلاقی پدر کریستین نزدیک ورسای برگزار می شد. شامگاه هنوز هوا روشن بود که به آن جا رسیدم. نزدیک ظهر از لیون به پاریس رسیده بودم به خانه اورهان دوست اهل ترکیه‌ام رفتم. اورهان و ژیرایرکارمنیان دوست دیگرم آپارتمان کوچکی را بطور مشترک اجاره کرده بودند که دواطاق با نشیمن و آشپزخانه کوچک و حمام و دستشویی نزدیک در ورودی داشت و هرکدام اطاق خود را داشتند و من ناگزیر چمدان ووسائلم را در گوشه‌ای

گذاشتم و فهمیدم که شب را باید در نشیمن روی کاناپه بخوابم. کمی سخت بود ولی اهمیت نداشت. جالب این بود که بدور از دنیای سیاست و تعصب قومی و ملی یک ترک ویک ارمنی دوستانی صمیمی وهم خانه شده بودند. می‌دانستند که من به پاریس می‌آیم. قبلا خبر داده بودم وآنها منتظرم بودند. تا رسیدم بعداز خوش‌وبش واحوال پرسی هر دو به اعتراض گفتند: این پی‌یر لعنتی پس چرا ما را دعوت نکرده؟ جوابی نداشتم و می‌توانم بگویم با آنها موافق بودم وخیلی دوست داشتم همراهم بودند. چون فکر می‌کردم که خوش بگذرد اما بعدا متقاعد شدم که اگر بودند شاید من با تو آشنا نمی‌شدم. ژیرایر پرسید: خوب می‌خواهی چطوری به آن مجلس بروی؟ کت و شلوار و پیراهنی که با خود آورده بودم، نشانشان دادم. ژیرایر نگاهی کرد وگفت نه این ها برای مهمانی عصر خوبند. بهتره خیلی رسمی و شیکتر بروی، شاید شانس آوردی دختری را آن جا تور کردی و خندیدند. گفتم نه اینها خوبند. گفت نه. اورهان هم نظرش را تائید و گفتند برویم برایت لباس رسمی خوبی بخریم و ناهار را هم در رستوران می‌خوریم. پی یر دوست صمیمی وقدیم وبسیار عزیز من بود و دوست داشتم که به جشن عروسی او آراسته ورسمی بروم. نظر ژیرایر را قبول کردم و همراه او و اورهان به بازار رفتیم. دنبال لباس رسمی خوبی بودم. اورهان مرا به فروشگاه یکی از هم وطنانش برد و من کت وشوار سرمه ای با پیراهنی مناسب خریدم که خیلی خوش دوخت. و قالب تنم بودند و در آنها بسیار آراسته وخوب دیده می شدم البته آراسته و خوب وخوش تیپ بودن را به من توگفتی. ظهر کمی دیر به خانه برگشتیم. کمی استراحت کردم، بعد بلند شدم، دوش گرفتم و اصلاح

کردم تا آمدم لباس بپوشم و کراوات بزنم. ژیرایر واورهان آن قدر نظر دادند و متلک انداختند و معطلم کردند که دیر شد و دیر راه افتادم. اگر چه تاکسی گرفتم اما از خانه اورهان وژیرایر که در منطقه ۱۱پاریس است تا برسم به ورسای در آن ترافیک بعدازظهر پاریس یک ساعت تمام طول کشید وبرای همین دیر رسیدم.

پی یر مرا که دید با خوشحالی به استقبالم آمد اما با کمی دلخوری گفت:

-     چرا این همه دیر کردی؟

گفتم: باید ببخشی نزدیک ظهر به پاریس رسیدم. تا کمی استراحت بکنم و بخودم برسم دیرشد. تبریک می‌گویم و سبدگلی را که تهیه کرده بودم و پوشیده از برگهای سبز باریک و بیست و یک غنچه گل رز صورتی وسرخ وسفید بود مقابلش گرفتم.

پی یر نگاهی به سبد گل انداخت و گفت:

-     ووه و، چه سبد گل زیبایی ممنونم نادر، بیا، بیا تو را با کریستین آشنا کنم. سبد گل را آهم به او بده.

بازوی مرا گرفت و مرا به عروسش کریستین که دختری نازک اندام با چشمان قهوه‌ای زیبا بود و دیگر مهمانها معرفی کرد. اما به تو نه، تو با چند تن از دوستانت در حیاط کنار استخر مشغول صحبت بودی. بهار بود و هوای بهاری در آن عصر، بسیار خنک وبا صفا بود. ساعتی بعد هنگام شام به داخل ویلا که برگشته بودی. پائین پله ها با هم روبرو شدیم و نگاهمان و لبخند دل نشین تو مارا به هم معرفی کرد. نمی‌دانم در چهره و لبخند زیبا و نگاه مهربان تو چه بود که مثل برق مرا

گرفت. دلم لرزید.. یک لحظه تمام زیبایی عشق را حس کردم. احساس کردم آن کسی را که تمام عمر دنبالش می‌گشتم، یافته‌ام. دختری با قامتی بلند، چشمانی سبز و موهای قهوه‌ای روشن و نگاه و لبخندی زیبا که عشق را می‌سرود. پیراهنی به رنگ ارغوانی کم رنگ به تن داشتی که قامت بلند و موزونت را دو چندان زیبا نشان می‌داد.

هر دو به هم خیره نگاه کردیم. من سلام کردم و تو لبخند زدی و سلامم را گرفتی و از کنار هم گذشتیم. اما چند پله پائین نرفته، برگشتم و با فاصله کمی از تو ایستادم. می‌خواستم خودم را به تو معرفی کنم و دنبال پی یر می‌گشتم که کمکم کند. صدای مردی که مدیر و مسئول پذیرایی بود به دادم رسید. مرد با احترام همه را به سر میز شام دعوت می‌کرد و من پشت سر نه بهتر بگویم همراه تو رفتم. سر میز شام به رسم ادب صندلی را برای نشستن تو کشیدم و تو با لبخندی کوتاه تشکر کردی. پی یر که متوجه نگاه و توجه من به تو شده بود. نزدیک آمد و از طرف دیگر میز کمی خم شد و رو به تو کرد وگفت:

- ادل، نادر دوست منه. آرشیتکته ومثل تو هنرمنده با او آشنا شو.

بعد سرش را بلند کرد و نگاهش را به طرف من گرفت وگفت:

- نادر، ادل دوست کریستینه. اونیه که می‌خواهی و دنبالش می‌گشتی از دستش نده.

و تو خندیدی. کنارت که نشستم با همان چهره گشاده نگاهت را به صورتم دوختی و اسم مرا برای آشنایی بیشتر با کنجکاوی سؤال کردی و گفتی:

* نجوای ناتمام ادل

- نادغ. پس اسمتان نادغ؟

- نادغ نه نادر.

- نادغ ر.

- نادر بله اسم سختی نیست. اما خیلی از دوستان وهم کلاسیهایم مرا آندره صدا می‌کنند. تو هم دوست داشتی می‌توانی آندره صدایم کنی.

- نه. نادغ خوبه. پس آرشتکت هستی؟ شغل خوبیه پر از تجسمه.

- بله. پر از طرح و ایده های متفاوت و خوبه اما اجرا کردنشان سخته.

- چرا!!؟

- چون باید طرحت را اجرا کنی. برای اجرا کردن طرحت هم باید از یک جایی، شرکتی، موسسه‌ای حمایت شوی. طرحت پذیرفته شود، بودجه وبرنامه‌ای برای اجرای آن فراهم شود تا بتوانی کارت را، ایده و فکرت را عملی کنی. البته من حدود یک ساله که درسم را تمام کرده‌ام. هنوز فرصت نکرده‌ام که طرحی را ارائه بدهم. چون باید هم کار می‌کردم و هم تحصیل برای همین درسم کمی طول کشید. حالا دفتری دایر کرده‌ام و به چند شرکت درخواست کار داده‌ام اما هنوز جوابی نگرفته‌ام.

من همین طور با شوق یک ریز حرف می‌زدم ومتوجه هیجان وزیاده گویی خودم نبودم اما تو متوجه شده بودی با همان چهره گشاده و لبخندی از تحسین گفتی:

- باید کمی صبور باشی. تو پاریس کار گرفتن کمی سخته. رقابت هم زیاده،

- من در پاریس نیستم.

- پس کجا هستی؟

- لیون، من در دانشکده معماری لیون درس خوانده‌ام. ساکن آن جا هستم.

- چه خوب، فکر کردم در پاریس درس خوانده‌ای. چون من در پاریس در سوربن درس خوانده‌ام.

- چه خوانده ای؟

- انسانشناسی.

- پس الان در پاریس هستی؟

- نه در کلرمونت فران هستم. البته خانواده‌ام هم آن جا هستند.

- کلرمونت فران؟

- بله کلرمونت فران. من اهل آن جا هستم، آن جا به دنیا آمده‌ام. شهر آرام و خوبیه.

- بله شهر زیبائیست.

- دیدید؟

- بله یک شب با دوستانم که برای کوهنوردی رفته بودیم آن جا ماندیم. شهر زیبائیست.

- شهر عشاق و متفکران هم هست.

- شهر عشاق و متفکران!؟

- بله زادگاه پاسکاله، شهر منه.

- اوه بله شهر شماست. شما متفکرید.

- بله البته، هم متفکر و هم ..

جمله آخرت را با عشوه و غرور خاصی گفتی و نیمه تمام گذاشتی و خندیدی و من تکمیلش کردم :

- هم متفکر وهم زیبا و عاشق.

نگاهت را توصورتم دوختی و با شرمی که زیبائی و وقارت را دو چندان می‌کرد گفتی:

- نه، نه، نه عاشق، نه زیبا، فقط ادل صدایم کنید.

نگاهت را گرفتی و سرت را پائین انداختی. اما ندانستی که مرا گرفتار و عاشق خودت کردی. چقدر دلم می‌خواست همان لحظه اعتراف کنم نه، تو عاشق نیستی من عاشقم.

آن شب کنارهم شام خوردیم و بعدازصرف شام با هم بسیار گفتیم و خندیدیم و رقصیدیم. وقتی برای اولین بار هنگام دعوت به رقص دستت را گرفتم. لرزش خفیفی را در دستت احساس کردم. گونه هایت سرخ شده بودند. نگاهی از سر مهر کردی وچیزی نگفتی. گذاشتی دستت میان دستم بماند و این آشنایی و شروع عشق ما بود. چه روزهای شاد و پرازعشق داشتیم. چه زود آن روزها گذشت. چه خوب بود آن ایام. آخ، ای زندگی با ما چه کردی؟

*

آشنایی وازدواج من وتو خیلی دیراتفاق افتاد. این را من بارها گفته و می‌گویم. آشنایی که به عشق و خوشبختی بیانجمد، ای کاش زود و خیلی زود اتفاق بیافتد. ساعت پنج

عصر روز بعد جشن عروسی با هم قرار داشتیم. قرارمان میدان باستیل بود. از صبح هیجان زده بودم. آرزو داشتم زمان زود بگذرد و وقت دیدار برسد. برای همین ساعت که کمی از چهار عصر گذشته بود. بطرف میدان باستیل راه افتادم و در حقیقت نیم ساعت زودتر رفتم و منتظر ایستادم. وقتی از تاکسی پیاده شدی زیباتر از روز قبل بودی. شلوار سرمهای و بلوز سفید با یقه ای گلبرگی (ب - ب) با حاشیه ای سرمهای پوشیده بودی وکلاه حصیری سفید با روبان صورتی به سرگذاشته و عینک آفتابی به چشم زده بودی که زیبائیت را دوچندان کرده بود اما زیباتر از همه لبخند زیبای تو بود. از صبح همهاش بدیدار با تو و نوع رفتار وصحبت و حرفهایی که با تو باید میزدم، فکرکرده بودم. ژیرایر دوست ارمنی من که از من کمی بزرگتر وبا تجربه تر است. هیجانم را طبیعی میدانست. بخصوص که اولین بار بود که بطور جدی به یکی احساس و دلبستگی یافته بودم. با دوراندیشی همیشگیش مرتب به من می‌گفت:

-	این دیدار خیلی مهم و تاثیر گذاره، احساسات و رفتارت را کنترل کن، قدر فرصت پیش آمده را بدان.

و به پیشنهاد وبا نظر او بود که کت ماهوت مشکی با شلوار طوسی و پیراهنی آبی پوشیدم، وبجای کروات دستمال گردن زدم. ژیرایر خوب براندازم کرد که ایرادی نداشته باشم. گفت:

- پسر خیلی عالی شده ای. همیشه باید آراسته بدیدنش بری تا بدونه که چقدر دوستش داری و برایش اهمیت قائلی.

اورهان هم نظر او را تائید کرد و با شوخ طبعی گفت:

- عدالت خدا را بنازم. ما سالهاست تو این پاریس سگ دو می زنیم یکی قسمتمان نمیشه. طرف برای یه روزه می‌آد پاریس. نفس چاق نکرده یکی را تور می‌کنه. بنازم شانسو!

بعدکارت اعتباریش را مقابلم گرفت وگفت: شماره رمزش را در تکه کاغذ همراهش نوشته ام.

گفتم: پول بقدر کافی دارم.

گفت: باشه این را هم همراهت داشته باشی بد نیست. شاید خواستی هدیه ای بخری و او هدیه گرانبهایی انتخاب کرد. نباید کم بیاری.

اکنون که تو نیستی به آن روز دیدار که روز متفاوت و بستن عهد وعشق ما بود، فکر می‌کنم. احساس می‌کنم همه اش رویاست. من همه آنها را در رویا دیده‌ام و تو پری رویای من بوده‌ای .

کنار میدان باستیل که منتظرت ایستاده بودم، هیجان داشتم. تو هم که آمدی هیجان داشتی. اما آرامتر از من بودی. وقتی از تاکسی پیاده شدی و مرا منتظر دیدی. لبخند زدی. لبخندت چه شیرین اما آمیخته به هیجان بود. من وقتی دست را گرفتم متوجه هیجانت شدم. دست را بوسیدم و گفتم: خوبی؟ گفتی خوبم و لبخند زدی. با هم در بلوارسان مارتن حاشیه کانال نزدیک میدان باستیل زیر درختان قدم زدیم واز مراسم عروسی کریستین و پی یر گفتیم. بعد من از تو پرسیدم که می‌خواهی کجا برویم. کدام رستوران شام بخوریم؟

گفتی:

- بیا همین طور در خیابانهای خلوت همین حوالی قدم زنان برویم اگر رستوران خوب و مناسبی دیدیم. می‌رویم و می‌نشینیم. دوست دارم بیشتر با هم صحبت کنیم، از هم بشنویم و با هم باشیم رستوران مهم نیست.

این نوع تفکر و رفتار وکلمات بسیار سنجیده تو بود که مرا بیشتر تحت تاثیر قرارداد و قلب مرا برای همیشه صاحب شد. همانطور قدم زنان در خیابان باریک وکوتاه پر درختی می‌رفتیم که به کافه رستوران کوچکی برخوردیم. سایه سار درخت بلوط مقابلش فضای دلنشنی آفریده بود. رستوران خلوت و تمیز و شیکی بود. مقابلش را با معجر چوبی از پیاده رو جدا کرده بودند. مدیر رستوران که پیرمردی با قیافه‌ای دلنشین بود. ما را به میزی در گوشه سمت راست رستوران نزدیک پنجره هدایت کرد و بعد چند شاخه گل مینای صورتی و سفید در گلدانی بلورین آورد و روی میز گذاشت و فهرست غذا و نوشیدنی را داد ورفت. تو میل به غذا نداشتی. کیک و قهوه سفارش دادی. من هم همینطور. به صحبت نشستیم از خودت و خانواده و دوستانت گفتی از خواسته و آرزوهایت و من هم همین طور و آن روز آغاز عشق و پیوند من و تو بود. شماره موبایل و آدرس و شماره تلفن منزلتان را در کلرمونت فران دادی و شماره موبایل مراگرفتی و شب، هنگام خداحافظی گفتی که منتظر تماس هر روز من هستی.

*

چند مرغ دریایی و دو کبوتر که وارد سالن ایستگاه قطار شده اند بر سر تصاحب و برداشتن ساندویج افتاده از دست یک پسر بچه جلوی نیمکت سکوی مقابل با هم در جنگ و جدالند و چند کبوتر دیگر روی تیر و دسته چراغهای روشنایی نشسته‌اند در حالی که نگاهم را به کبوترها و مرغان دریایی دوخته‌ام به دختر جوان می‌گویم:

- کاش ما هم مثل پرنده ها بودیم. می‌توانستیم آزاد پرواز بکنیم.

دختر جوان می‌خندد و می‌گوید:

- بله اما برای یافتن غذا مجبور بودیم پائین بیائیم. بعد از پائین آمدن هم مجبور بودیم با هم دعوا ورقابت بکنیم. در آخر هم هرکه زیرک بود و زورش بیشتر، او می برد.

- خوب طبیعت هستی و زندگی همینه. فکر می‌کنم نه تنها پرنده‌ها بلکه همه مجبورند. چون هر کی تلاش نکنه، نجنگد، گرسنه می‌مونه.

- اما مثل انسانها همدیگر را نمی‌کشند.

- معلوم نیست شاید توانائی و عقلشان کمه و شاید هم غریزه‌شان این چنینه. چون حیوانات، بیشتر بر اساس غریزه شان عمل و همدیگر را شکار می کنند.

- نه هم نوعشان را.

- گاهی هم نوعشان را هم می‌خورند. این غریزه شونه.

- ولی غزیزی عمل کردن که خیلی خطرناکه.

- خطرناکتر از عمل کردن با فکر و عقیده نیست. وقتی عقیده و تعصب با غریزه بیامیزد. فاجعه پیش می‌آید.

نگاهی از روی هم فکری و تائید به صورتم می‌اندازد اما قبل از این که دهانش را برای گفتن بگشاید. می‌گویم:

- البته شاید راه درستش همینه. همین تلاش و جنگه چون حقیقت هستی در این رقابت و تنازع بقاست. اما میان انسانها چه تنازعی؟

کمی فکر می‌کند و می‌گوید:

- من فکر می‌کنم میان انسانها هم تنازع بقا هست اما بشکلهای مختلف. علتش هم در تفاوت دین و عقاید و شاید هم منافع است.

- بله، درسته اما در دوران کنونی بیشتر برای سلطه است.

- سلطه؟

- بله.

- پس سلطه هم نوعی تنازع بقاست.

- بله.

- پس انسانها هم مثل هرپرنده می‌خواهند هرکدام بیشتراز دیگری سهم داشته باشند.

- بله.

می‌خندد و نگاهش را به پرنده‌ها می‌دوزد و کمی فکر می‌کند و می‌گوید:

- ولی من فکر می‌کنم نباید این همه بدبین بود. ما می‌توانیم دنیای خوبی بسازیم.

\-   امیدوارم.

حرف زدن و آرامشی که در حرکات و نگاه دخترزیباست مثل توست. تو هم همیشه آرام و با لبخندی که هرگز از نگاه و لبت محو نمی‌شد صحبت می‌کردی و به همه چیز وهمه مسائل نگاه مثبت و مهربان داشتی. چیزی که من نداشتم.

اسماعیل یورد شاهیان *

۵

بعد از مرگ یعنی کشته شدنت در پاتاکلان پاریس. ناگهان بدجوری تنها شدم. در حقیقت بی کس و بی امید شدم. تا مدتی نمی‌توانستم کشته شدنت را باور بکنم. تو هنگام مسافرتکمتر به رستوران و کنسرت موسیقی و نمایش فیلم سینمایی و یا تئاتر می‌رفتی، معمولا در رستوران هتل و یا در سلف سرویس دانشگاه غذا می‌خوردی مگر این که از طرف دوست و یا موسسه‌ای دعوت می شدی. هر وقت که به پاریس می‌رفتی دوست داشتی زودتر کارت را تمام بکنی و برگردی اما این بار بر حسب یک اتفاق بخواست و اصرار دوستت سوزی بشنیدن کنسرت گروه راک متال

آمریکایی در بتکلان رفتی. سوزی دوست دوره دبیرستانت بود. وقتی خبردار شده بود که تو در پاریس هستی بدیدنت آمده و خواسته بود آن شب مهمان او و در کنسرت راک گروه آمریکایی در باتاکلان باشی. بعدازظهر همان روز به من زنگ زدی، خیلی مردد و دو دل بودی. دیدار با سوزی و دعوت او را گفتی و چند بار پرسیدی:

-    به نظرت قبول کنم؟

می دانستم که از کنسرت گروه های راک آن هم از نوع متالش چندان خوشت نمی‌آید با این حال فکرکردم شاید بخاطر دوستت سوزی دوست داری بروی و برای همین گفتم:

-    خودت می‌دانی ولی......

-    ولی چی؟

-    تو که تا حال کنسرت راک متال هیچ گروه آمریکایی را ندیده‌ای خوب اگر دلت می‌خواهد برو ببین و بشنو. ببین چطوری اند. تجربه خوبیه......

-    راست میگی تجربه خوبیه. بله میپرم و می بینم.

ای کاش این جمله را نمی‌گفتم. همین جمله تردید و دو دلیت را برهم زد، فکرت را عوض کرد. مصممت کرد که دعوت سوزی را قبول کنی و به کنسرت گروه امریکایی متال در باتاکلان بروی و روز بعد برگردی. پاریس را فقط برای دیدار با دوستانت و جلساتی که با آنها گاه در سوربن و یا دریکی از گالریها برای بحث وگفتگو برپا می‌شد، دوست داشتی. هر سه چهار ماه، چند روزی را در پاریس می‌گذراندی. بعد برمی‌گشتی به کلرمونت فران و از روزی که تصمیم به زندگی مشترک گرفتیم و

دانشگاه لیون درخواستت را برای تحقیق و تدریس پذیرفت. به لیون نزد من آمدی. می‌گفتی دیگه وقت عروسی و زندگی و بچه است. بعد از گفتن کلمه بچه، نگاهت را به نگاهم می‌دوختی. تبسم ملیح کوتاهی می‌کردی و بعد نزدیک می‌شدی و پیشانیت را به پیشانیم می‌چسباندی و آرام می‌گفتی:

- تو هم دلت می‌خواد بچه داشته باشیم؟

و منتظر بوسه من می‌ماندی. بعد از بوسه من، چند بار پشت سر هم به تکرار می‌گفتی فقط یکی، باشه؟ تو دختر دوست داری، یک دختر خوشگل و مامانی. بعد می‌خندیدی و سکوت و خنده مرا نشان رضایت و غرور و حجب شرقیم می‌دانستی. نمی‌دانستم که زود خواهی رفت. و تو را و بچه‌ام را که در شکم داشتی از دست خواهم داد.

دختر زیبا می‌پرسد:

- تو کپنهاک زیاد می‌مانید؟

- سه چهار روزی هستم.

- کپنهاک شهر بزرگیه. سه چهار روز و شاید بیشتر وقت می‌خواهد که جاهای دیدنیش را ببینید.

- من برای گردش نمی‌روم. برای شرکت در مجلس بزرگ داشت خانمم که در دانشگاه کپنهاک برگزار خواهد شد می‌روم. باید یادداشتهای خانمم را به همکاران تیم تحقیقش برسانم.

* نجوای ناتمام ادل

- تیم تحقیقش؟

- بله.

- خانمتان محقق بود.

- بله.

- محقق چی؟

- زبان، موسیقی، هنر و مردمشناس. چه بگویم. او انسان‌شناس و هنرمند و دوستدار انسانها بود با همکارانش روی پناهنده‌ها و آواره‌های جنگی و فقر و گرسنگی در میان آواره‌ها ی جنگی و حقوق بشر کار می‌کرد.

- روی پناهنده‌ها، آواره‌های جنگی.

- بله.

- تحقیقش را تمام کرد.

- نه همه‌اش را قسمتی را تمام کرد. اما خیلی از کارهایش ناقص مانده.

- حیف!

اسماعیل یورد شاهیان *

۶

مونت‌پرو دهکده محل زندگی پدر و مادر بزرگت در بیست و هشت کیلومتری کلرمونت فران در دامنه کوهستان رو به دره‌ای سبز و با شکوه قرار دارد. جاده باریکی راه ارتباط روستا با کلرمونت فران ودیگر شهرها و دهکده‌هاست. در حاشیه جاده نرسیده به روستا، کنار تخته سنگی رو به دره درخت شن کهنسال بلند و زیبایی هست که تو نشستن در زیر آن روی تخته سنگ و تماشای کوهستان و دره عمیق و سبزش را خیلی دوست داشتی. چند بار قبل از عروسیمان که برای دیدن لویی و شارلوت پدر ومادربزرگت رفتیم. تا به تخته سنگ و درخت شن رسیدیم. ماشین را نگه داشتی و پیاده شدی و دقایقی را پای درخت ایستادی و چشم بر دره وافق دور

دوختی. نمی‌دانستم و هرگز نگفتی که افق دور برای تو چه معنی داشت اما همیشه تو را می‌ربود و تو در دور دستهای افق، خود را و حقیقت خود را می‌یافتی. افق دور معنی ناگفته های تو بود.

درشامگاه روز عروسیمان هم که در صندلی عقب اتومبیل برادرت آلفرد نشسته بودیم. تا به درخت شن و تخته سنگ رسیدیم از آلفرد خواستی که ماشین را نگهدارد. او هم کنار جاده نگه داشت. دیگر دوستانمان هم همین طور. از اتومبیل پیاده شدی و دست مرا گرفتی و گفتی بیا کنار هم زیر این درخت شن عکس بگیریم. ای کاش عروسیمان این جا، پای همین درخت برگزار می‌شد و خندیدی. قامتت در لباس سفید عروسی با آن تاج و تور سفید چه با شکوه و چهره‌ات چه زیبا و معصومتر از همیشه شده بود. نمی‌توانم درست توصیف کنم. فقط می‌توانم بگویم شکوهی دیگر داشت. رنگ چشمانت در انعکاس نور کم رنگ خورشید در آن شامگاه سبز روشن چون برگ شده بودند.

وقتی نگاه مات وخیره مرا بخودت دیدی خندیدی و خودت را در سینه‌ام فشردی. آن لحظه این حقیقت را احساس کردم که من دلباخته و همسر زنی متفاوت هستم. زنی که سزاوار تمام عشق و ستایش است. آلفرد و دیگران از ما دو تا کنار هم و در میان دوستان عکس گرفتند. کریستین همراه با پی‌یر که مرتب عکس میگرفت. گفت: خوش به حالتان در چه جایی عروسی می‌کنید. ای کاش من هم چنین شانسی می‌آوردم و خندید. تو گفتی: کریستین لطفاً امروزکم غر بزن.

و بعد رو به پی‌یر کردی و گفتی: کمی این کریستین را تنبیه کن.

و خندیدی و آنها هم خندیدند و با همان خنده منظورت را که شوخی بود گفتی و جمله‌ات را تکمیل کردی.

- یعنی میگم دو تا سیلی تو کپلش بزن.

وپی‌یر در حالی که با کف دست آرام بر کپل کریستین می‌زد گفت:

- این هم دستور شما و تنبیه کریستین.

بعد زنش را بوسید. چه لحظه‌های سرشار از دوستی و شور و شوق بود.

وقتی به دهکده رسیدیم. پدرت همراه پدر و مادر بزرگت و پدر و مادر و خواهرمن و همه فامیل و دوستان ومهمانان منتظر بودند. پدرت بازویت را گرفت و همگام با پدر من که مرا همراهی می‌کرد. در جمع فامیل ودوستان و تعدادی از مردم دهکده به سالن شهرداری دهکده رفتیم تا شهردار منطقه عقدمان را بخواند. وقتی در سالن شهرداری مقابل شهردار که زنی مسن در لباس سرمه‌ای با حمایلی از پرچم فرانسه بر شانه و سینه بود، ایستادیم. او نگاهی از تحسین بر من و تو انداخت و لبخند زد و از همه خواست که سکوت را رعایت کنند. سپس متنی را که برای عقد ما نوشته بود خواند. درتمام مدتی که او متن را می‌خواند. تو نگاهت به پائین بود. وقتی مراسم را تمام کرد و من و تو را زن و شوهر اعلام کرد از شدت شوق و هیجان اشکت سرازیر شد. می‌دانستم که چه احساسی داری و من چقدر آرزوی آن روز و آن لحظه را داشتم. پدر بزرگت لویی، مرد دنیا دیده و فهمیده ایست. وقتی اشکهای تو را دید. آرام پیش آمد و به پهلوی من با همان شوخ طبعی زد وگفت. چرا ایستاده‌ای ببوسش، من برگشتم نگاهی به پدر ومادرم انداختم. پدرم با لبخند گفت ببوسش پسرم و خانم

شهردار هم موافق با پدرم وپدر بزرگت گفت می‌توانی ببوسیش و من بوسیدمت و با
بوسیدن من هیاهوی مهمانها بلند شد. مادرم بنا به رسم و رسوم ایران در جعبه‌ای،
ست کامل جواهر که از طلای سفید با نگین‌هایی از الماس صورتی بود و طرحی
مدرن و زیبا داشت از طرف خودش و پدرم و خواهرم به توهدیه داد. من می‌دانستم
که تو از الماس صورتی خوشت می‌آید و به آنها گفته بودم. برای همین مادرم نگین
آنها را از الماس صورتی انتخاب کرده بود و تو چقدر تشکر کردی. البته بغیر از یک
ویا دوبار. هرگز ندیدیم که از آنها استفاده کنی. با این که آنها را خیلی دوست داشتی
و قیمت و ارزش آنها را می‌دانستی و بعنوان هدیه مادر و پدرمن و یادگار عروسیمان
در صندوق جواهراتت نگه می‌داشتی اما هرگز در قید استفاده از آنها نبودی. کلاً
چندان علاقه‌ای به آرایش و زیورآلات نداشتی. سادگی را بیشتر می‌پسندیدی اما به
لباس وتمیزی و شیکی و خوش دوخت بودن آن و هماهنگی با کیف وکفش و روز
وتازه بودنشان بسیار اهمیت می‌دادی و مدام مرا و لباسهای مرا کنترل می‌کردی و هر
بار که به خرید می‌رفتیم چیز شیک و تازه‌ای برای خود و یا من می‌دیدی می‌خریدی.
همراه با شادی وکف زدن آنها از سالن شهرداری که بیرون آمدیم. ساز زنان محلی با
ساز و آلات و موسیقی محلی مخصوصشان منتظر ما بودند. چه رقص دسته جمعی
مقابل سالن شهرداری شروع شد. همه مهمانها و اهالی ده در محوطه مقابل سالن
شهرداری دهکده جمع شده بودند و می‌رقصیدند. حتی خانم شهردار هم. با رقص و
پایکوبی از آن جا به سالن جشنهای دهکده که کمی بالاتر در سینه کوه در محوطه
نسبتا باز و خلوتی قرار داشت رفتیم. موزیک تا نیمه‌های شب زد و مردم خوردند و

نوشیدند و خواندند و رقصیدند. تدارک شام و نوشیدنی و موزیک و آماده سازی سالن را پدر و مادربزرگت و اهالی دهکده انجام داده بودند. چقدر مردم مهربان و دوست داشتنی هستند و چقدر عروسی ما صمیمی وشاد وبا شکوه برگزار شد. هنوز عکسهای آن شامگاه را در لباس عروسی کنارهم زیر درخت شن روی میزم دارم و هر لحظه به آنها نگاه می‌کنم. باورم نمی‌شود که همه چیز این چنین زود تمام شده.

۷

درست، بله درست شش ماه و ده روز از مرگت می‌گذرد. من هنوز به نبودنت عادت نکرده‌ام و نمی‌توانم باور کنم که تو دیگر نیستی و در این شش ماه. در لیون کمتر در خانه‌مان بوده‌ام. دوستانمان نگذاشتند تنها باشم. اما من دوست دارم تنها باشم و در تنهائیم تو را و خاطره تو را مرور کنم. هر روز از لحظه‌ای که از سرکار به خانه برمی‌گردم. دائم چشمم به در و صدای گشوده شدنش است. منتظرم که باز گردی و گاه زمان را گم می‌کنم و فراموش می‌کنم که تو دیگر نیستی. بر اساس عادت، تو را صدا می‌زنم و چیزی می‌پرسم بعد متوجه می‌شوم که نیستی، مدتهاست که نیستی،

گریه‌ام می‌گیرد. مأیوس به گوشه‌ای می‌روم تا خودم را در اندوهت گم کنم. هنوز فنجان قهوه‌ات که قهوه ته آن خشک شده، روزنامه، مداد و کتابی که می‌خواندی روی میز است و روسری آبی ابریشمیت از پشت صندلی آویخته مانده. عطر وجودت با آنها هم چنان در همه جای خانه می‌وزد. نمی‌خواهم به هیچ یک از آنها دست بزنم. می‌خواهم آنها همانطور که هستند، بمانند. آنها و دیگر اشیای خانه که حضور ویاد تورا تکرار می‌کنند.

روزی که دوستان و همکارانت در دانشگاه کپنهاک اعلام کردند که به یاد تو و بمناسبت انتشار کتابت که موضوع آن پیوستگی فرهنگی مردم جهان است. مجلسی برگزار می‌کنند و دعوتم کردند که من هم در آن مجلس باشم. به آنها گفتم که آخرین یادداشتها و نوشته‌هایت را با خودم می‌آورم تا در آن مجلس بخوانم و آنها قول دادند که تکثیرش کنند و در اختیار همه قرار دهند. اکنون راهی کپنهاک هستم. مدتی در پاریس بودم. چیزی حدود دوازده روز، اطاقی در یکی از کوچه‌های نزدیک باستیل بنام کرمیو اجاره کرده بودم. کوچه جالبی بود، کوچه‌ای خلوت با خانه‌های کوچک یک و یا دو طبقه و با مردمی مهربان، اهل دل و قهوه و تنهایی. دوستان و هم صحبتهای زیادی آنجا دروقتهای تنهایی بخصوص در عصرهای دلتنگی یافتم. اگر برنامه سفر نداشتم. می‌خواستم هم چنان آنجا بمانم. روزهایم را در پاریس به خواب و قدم زدن می‌گذراندم. بیش از بیست بار به بتکلان رفتم و هربار لحظه های آخر تو را در آن سالن تصور و در ذهنم مرور کردم و عصر که با خیال و اندوه تو برمی‌گشتم. دوستان خوب وتازه‌ام، اهالی مهربان کوچه، همدمم می‌شدند. دیگر تمام

اهالی کوچه ماجرای تو را و تنهایی و اندوه مرا می‌دانستند در بالکن یکی از خانه‌ها می‌نشستیم. تا نیمه‌های شب حریف ما موسیقی بود و شراب و سیگار. ندانستم که دوهفته چگونه گذشت. به دوستانم در آن کوچه قدیمی قول داده‌ام که باز هم بدیدنشان بروم و قصد دارم هرسال چند هفته‌ای را در پاریس بگذارم. می‌دانی اکنون پاریس را با یاد تو دوست دارم.

روز پنجشنبه هفته پیش بود که برای دیدن آلفرد و آنا از پاریس به آمستردام آمدم. باید امانتی تو را به برادرت می‌رساندم. تو می‌خواستی برایش پست کنی که فرصت نشد و من به اصرار آنا آمدم و یک هفته نزدشان بودم. امانتی تو تابلوی نقاشی بود که مادرت در هنگام بیماری، قبل از مرگش کشیده بود. تابلوی زنی جوان که در اطاقی نشسته و در تنهایی ویولون سل می‌نوازد. قسمتی از دیوار پشت زن را نور کم رنگ آفتاب گرفته اما در چهره زن غمی هست که تو آن را به غم و اندوه مادرت تعبیر می‌کردی. از مادرت خاطره زیادی جز درد و رنج بیماری سرطان نداشتی. می‌گفتی خیلی مهربان بود با آن که بیماری ضعیف و رنجورش کرده بود. با آن همه می‌خواست به مسائل ما برسد. محبتش را به ما برساند اما آن طور که می‌خواست نتوانست. من دوازده ساله و آلفرد هفت ساله بود که او درگذشت. بعداز درگذشت مادرم، پدرم که عاشق او بود. داغون شد و تا مدتی در خودش نبود. برای همین من با وجود کم سن از خودم و آلفرد مراقبت می‌کردم. تا این که پدر و مادر بزرگمان که از وضع روحی پدرم و وضعیت ما با خبر شده بودند. آمدند و ما را همراه خود به دهکده بردند و من و آلفرد شیرین‌ترین خاطره هایمان را در آن جا داشتیم.

ادل تو همیشه بیاد آن روزها بودی، خاطرم است هر وقت که همراه تو به دهکده می‌رفتیم. دستم را می‌گرفتی و مرا با خود به گردش می‌بردی به کارگاه چوب بری پدر بزرگت و به آسیاب آبی قدیمی که اکنون متروکه است و سالن بزرگی که مخفیگاه و محل بازی تو و آلفرد و دیگر بچه‌های دهکده بود. می‌گفتی چند سال یعنی تا پایان دوره اول دبیرستان دردهکده بودید. بعد پدرت تصمیم گرفت که تو و آلفرد را نزد خود برگرداند. البته این کار به اصرار پدر بزرگت بوده چون او استعداد تو و آلفرد را شناخته بود و می‌دانست که در تحصیل موفق خواهید شد اما تو هرگز مسئولیتت را در مورد آلفرد فراموش نکردی، با وجود این که بعد از پایان دبیرستان در سوربن مشغول تحصیل شده بودی اما همیشه نگران و دلتنگ آلفرد بودی، برای همین تا زمانی که آلفرد دبیرستان را تمام کرد و وارد دانشکده دندانپزشکی شد، روزهای آخر هر هفته به کلرمونت فران می‌آمدی تا چند روزی را با برادرت آلفرد بگذرانی و از وضع غذا و درس و دیگر مسائل او با خبر شوی. پدرت اگر چه بعد از درگذشت مادرت ازدواج نکرده بود و می‌گفته که حواسش به آلفرد است اما می‌دانستی که او بیشتر در خودش است و چندان در فکر و کار و تحصیل آلفرد نیست. من در این چند روزی که مهمان آلفرد و آنا بودم وابستگی عمیق آلفرد را به تو فهمیدم. خیلی ناراحت بود بخصوص از لحظه‌ای که مرا دید دیگر در خودش نبود. نمی‌توانست. مثل من رفتنت را باور کند. مدام در مدتی که با هم بودیم می‌گفت چرا این اتفاق افتاد؟ چرا او؟ و می‌گریست. عصرها که باهم کنار کانال و یا در پارک قدم می‌زدیم. دوست داشت همه‌اش از تو بگوید و از تو بپرسد. دوست داشت بداند. چه

می‌کردی. سرگرمیت و خواسته‌هایت چه بود؟ وقتی فهمید که باردار بودی. ناگهان فرو ریخت. باردار بودنت را آنا به او گفت. شامگاه دور میز شام نشسته بودیم و صحبت از تو بود که آنا باردار بودن تو را گفت، من تکان شوک و لرزش اندوه را به آشکار در وجوش دیدم. کمی ساکت ایستاد، بعد بلند شد و رفت به ایوان، فهمیدم که می‌خواهد اشکهایش را پنهان کند. دقایقی بعد که برگشت به من گفت بیا برویم قدم بزنیم. می‌دانی که او سیگاری نبود و سیگار نمی‌کشید. من هم که ترک کرده بودم اما بعد از رفتن تو شروع کرده‌ام. با هم که قدم می‌زدیم. هر بار که من می‌خواستم سیگاری روشن کنم. او هم یکی می‌خواست. بسیار ناشیانه می‌کشید. دودش را تو نمی‌داد. یکی دوبار سرفه‌اش گرفت. احساس می‌کردم. دنبال چیزی، وسیله‌ای برای تخلیه درونش است. چیزی مثل بغض سنگین توسینه‌اش بود که نمی‌دانست چگونه خالی کند و رها شود. روز آخر که می‌خواستم خداحافظی کنم. بغلم کرد و زد زیرگریه. گفت که از غم تو داغون است و از من خواست که بیشتر بدیدنش بروم، تنها نمانم.

ادل، هرگز فکر نمی‌کردم که آلفرد تورا این همه دوست داشته باشد. وقتی از روزهای کودکی وخاطراتی که با تو داشت گفت. فهمیدم یک گذشته یک زندگی وسنگینی آن را با خود حمل می‌کند و اکنون که تو رفته‌ای نمی‌داند چگونه با غم آن کنار بیاید و کتاب آن را ببندد. نمی‌توانم بگویم افسرده است. نه، بهتر است بگویم داغون و غمگین است. او هم مثل من نمی‌تواند رفتن تورا باور کند. چند بار دیدم جملاتی را زمزمه می‌کند که از تو شنیده بودم. حرفهایی که یوزوف، پیرمرد یهودی

دهکده محل زندگی پدر و مادر بزرگت مدام زمزمه می‌کرده و تو چندین بار هنگام نقل سرگذشت او آنها را گفته بودی و من آنها را بیاد دارم.

یادم است اواخر ماه جون بود و ما در تدارک جشن عروسیمان بودیم که همراه هم به مونت پرو رفتیم. قصدت این بود که مرا به پدرو مادر بزرگت معرفی کنی و همین طور دهکده را نشانم دهی. نزدیک ظهر بود که به دهکده رسیدیم. پدر بزرگت لویی با همه پیری، مردی قوی بنیه، بلند قامت و بسیار شوخ طبع و خوش روست. خبر داشت و می‌دانست که ما برای دیدارش می‌آییم. تو قبلاً اطلاع داده بودی. تا رسیدیم در آستانه در همراه مادربزرگت شارلوت به پیشوازمان آمد و ما را با گرمی پذیرفت. با من که برای اولین بار آشنا می‌شد چه شوخیها که نکرد البته تهدید هم کرد که باید همیشه مراقب تو و در اطاعت تو باشم و عاشقانه تو را بپرستم. ساعتی نشستم بعد تو خواستی که قبل از ناهار به گردش دهکده برویم. می‌خواستی از خاطرات کودکیت که در محل و جاهای مختلف مونت‌پرو داشتی برایم بگویی. نخست به دیدن مدرسه‌ای رفتیم که نزدیک میدان دهکده قرار داشت. تو وآلفرد چند سالی آنجا درس خوانده بودید. مدرسه ساختمان سنگی کوچکی داشت اما حیاطش بزرگ بود. در وسط حیاط مدرسه چند لحظه‌ای ایستادی و نگاه عمیقی به اطراف انداختی. انگار تمام آن روزهایی که درکودکی و نوجوانی در مدرسه داشتی مرور می‌کردی. از مدرسه که بیرون آمدیم در خیابان کمی پائین‌تر از مدرسه نزدیک میدان دهکده یوزوف پیر را دیدیم. پیرمردی کوتاه قد، لاغر اندام که یک پایش لنگ بود. عصا بدست با قامت خمیده از دکان نجاریش در آمد و با آهستگی

و کندی کلیدش را در آورد و در مغازه‌اش را بست و لنگان به طرف میدان دهکده راه افتاد. تو که مات و متفکر نگاهت را خیره به لباس و کفش و عصا و لنگان رفتن او دوخته بودی، دستم را گرفتی و گفتی بیا بنشین تا برایت تعریف کن و کمی پائین‌تر روی نیمکت کنار میدان نشستیم و تو در حالی که هم چنان با نگاهت یوزوف پیر را تعقیب می‌کردی با لحنی که آمیخته به غم و تأسف بود آن چه را که از سرگذشت یوزوف پیر می‌دانستی و از پدربزرگت شنیده بودی و شلوغی و شیطنت‌هایی که در کودکی همراه با آلفرد و دیگر بچه‌های ده کرده بودی با کمی شرم شرح دادی و گفتی:

۸

یوزوف پیر تنها نجار مونت پروست اما الان نه. الان بیشتر خراطی و ریزه کاری می‌کند و از چوب مجسمه‌های کوچک، قاشق و غیره می‌تراشد. بچه ندارد و از روزی که زنش مرده تنها زندگی می‌کند. خانه‌اش بالای دکانش است. مرد دانا و مهربانیست. زندگی بسیار تلخی گذرانده، خیلی زجر کشیده. برای همین است که همیشه با خودش حرف می‌زند. اگر کنارش و نزدیکش باشی. می‌شنوی که چه می‌گوید. کلمات و جملات تلخ و غم انگیزی که مدام با خودش زمزمه می‌کند:

- آه چرا چنان شد؟ چرا به شما شلیک کردند؟ مگر شما چه کرده بودید؟ ای کاش مرا هم همراه شما کشته بودند. آه مادر، ای کاش من هم کشته می‌شدم

بچه که بودیم هنگام گذر او این جملات را که مدام زمزمه می‌کرد، می‌شنیدیم و تعجب می‌کردیم که با کی صحبت می‌کند. تنها کلمه‌ای که برای ما بیشتر آشنا بود مادر بود. می‌دانستیم که کسی را ندارد و بعد از مرگ زنش دیگر تنهای تنها شده است و تعجب می‌کردیم که پیرمردی به سن او چرا مادرش را می‌خواند. هر روز هنگام ظهر وقتی مدرسه تعطیل می‌شد و می‌خواستیم به خانه هامان برگردیم. اورا می‌دیدیم. چون او همزمان با تعطیلی مدرسه دکان نجاریش را می‌بست و عصا زنان لنگان با آن کمر خمیده وکت گل وگشادش می‌ایستاد، تعطیل شدن مدرسه و بیرون آمدن ما را تماشا می‌کرد و بعد بطرف بازار و تنها کافه دهکده که در خیابان شمالی نزدیک میدان قرار دارد، راه می‌افتاد. یک روز نیکولاس گفت این دیونه است. نیکولاس ارشد کلاس ما بود، پسر بسیار شلوغی بود. از ما بزرگتر و قد بلندتر و قویتر بود. تازه از مدرسه در آمده بودیم که او را دیدیم. نیکولاس گفت. این دیونه است. پشت سرش راه افتاد. قدش را خم کرد، یک پایش را کج و لنگان ادای او را در آورد. ما هم پشت سر نیکولاس به صف راه افتادیم به تقلید از او قدمان را خم کردیم و لنگان ادای او را در آوردیم. پیرمرد که از خنده و سروصدای ما متوجه رفتار و شیطنت ما شده بود. ایستاد، سرش را بلندکرد نگاهی از سر محبت به ما انداخت و آرام گفت:

- امیدوارم هیچ وقت قد و قامتتان خم نشه و مثل من بلا نبینید.

این را گفت و نگاهی از سر محبت به تک تک ما انداخت و بعد سرش را به تأسف تکان داد و راه افتاد از گفته و نگاهش تک تک بچه ها ساکت و شرمنده شده بودند. کمی که رفت انگار از سکوت همه ما متوجه خجالت و شرمندگی ما شده بود. برگشت، دست بر شانه نیکولاس نهاد و همه ما را که تعدادمان بیشتر از دوازده و یا سیزده نفر نبود دعوت کرد که دورش بایستیم. روی نیمکت زیر درخت کنار خیابان نشست و گفت:

می‌دانید چرا من می‌لنگم؟ و چرا بی کس و فامیلم؟ نه نمی‌دانید.

شماها بچه‌های خوب ودلپاکی هستید. اگر ادای مرا در می‌آرید از سر شوخی و تفریحه. من می‌دانم قصد بدی ندارید اما می‌خواهم بپرسم هیچ فکر کرده‌اید چرا من همیشه وقتی مدرسه تعطیل میشه و شماها از مدرسه بیرون می‌آئید، مغازه‌ام را می‌بندم و می‌ایستم تا شما ها بیرون بیائید و شما را ببینم، بعد همراه با شما به میدان دهکده می‌رم؟

این ها را گفت و نگاه غم آلود اما مهربانش را تو صورت و چشم همه‌ی ما دوخت و ما که نمی‌دانستیم چه پاسخی دهیم هم چنان ساکت و مات نگاهش می‌کردیم.کمی نگاهمان کرد و لبخندی زد و گفت:

نه نمی‌دانید باشه من برای شما تعریف می‌کنم. خوبه که بدانید چه بر سر من آمده، چرا من می‌لنگم؟ لابد می‌دانید و دیده‌اید که من هرروز با تعطیل شدن مدرسه. در کارگاهم را می‌بندم و همراه با شما به راه می‌افتم. دلیلش اینه که من هم در کودکی مثل شما محصل بودم، بهترین و خوشترین روزهای زندگیم در آن دوران بود و آن

خوشی در آخرین باری که از مدرسه در آمدم تمام شد و من از آن روز به بعد تنها و بی‌کس و آواره شدم. ظهر آن روز وقتی از مدرسه همراه با دیگر بچه ها در آمدم، خانمهای دهکده، مادران بچه ها همه نگران دم در مدرسه منتظر بودند اما مادر من میان آنها نبود. از دیدن مادران بچه ها و نبودن مادرم تعجب کردم. ماریا خانم مادر آکوش هم کلاسی من که خانه‌شان در محله ما کمی بالاتر از خانه ما بود تا پسرش آکوش و مرا دید، دست هر دوی ما را گرفت و همراه با دیگر خانمها که دست بچه هایشان را گرفته بودند. به سرعت راه افتاد وگفت. بچه‌ها بدوید، عجله کنید و در حالیکه دستهای ما را گرفته و به سرعت می‌رفت، مرتب دعا می‌خواند و عیسی مسیح را برای کمک و نجات می‌خواند. ماریا خانم و خانواده‌اش مسیحی معتقد بودند و با ما با وجود این که یهودی بودیم دوستی و رابطه همسایگی خوبی داشتند. من نمی‌دانستم که چه اتفاقی افتاده و چرا او و دیگر زنان آن دهکده همه ترسیده و نگرانند و چرا مادرم نیامده و چرا ماریا خانم ما را با عجله و نگرانی و ترس می‌برد. اوه یادم رفت باید اول این را می‌گفتم و فکر می‌کنم که می‌دانید که من اهل فرانسه نیستم. من اهل مجارستانم در نوجوانی از مجارستان به این‌جا آمده‌ام. خیلی وقت پیش در زمان جنگ جهانی دوم وقتی که آلمان نازی به فرمان هیتلر جنگ را شروع کرد و خیلی از کشور های اروپا را اشغال کرد، کشور من مجارستان را هم گرفت. خانه ما در مجارستان در دهکده کالیس در نزدیکی بوداپست بود. نمی‌دانم حالا هست و یا نه. کالیس دهکده ای مثل منت‌پرو بود. نیمی و شاید کمی بیشتر اهالی آن یهودی بودند. پدر من کشاورز و دامداربود. اما نجاری و خراطی هم می‌کرد و همراه با

عموهایم میکائیل و داود دکان نجاری و خراطی داشتند. من در روزهای تعطیلی مدرسه. به کارگاه نجاری آنها می‌رفتم و با وجود این که ده و یا یازده سال بیشتر نداشتم، می‌خواستم نجاری بخصوص خراطی و مجسمه سازی از چوب راکه بعضی وقتها عموهایم می‌ساختند، یاد بگیرم. پدرم مایل نبود. دوست داشت که من درس بخوانم و شغل دیگر داشته باشم اما عمویم داوود که بزرگتر از پدرم بود و فرزند نداشت. اجازه می‌داد که من کنارش بنشینم و فن خراطی و ریزکاری و بخصوص مجسمه سازی از چوب و طرز کار با وسائل آن را یاد بگیرم.

جنگ که شروع شد و هیتلر کشور مامجارستان راخیلی راحت تصرف و هم پیمان خودش کرد. دهکده ما مثل همه جا گرفتار ترس وکمبود آذوقه شد. اکثر روستائیان چه آنهائی که ملکی و مزرعه‌ای و گاو و مرغ و غیره داشتند و چه آنهایی که کارگر روزمزد بودند نگران بدتر شدن وضع وآینده بودند. من این مسائل را وقتی به کارگاه نجاری و خراطی پدر و عموهایم می‌رفتم از صحبتهای آنها می‌شنیدم. بخصوص عصرها که دوستان پدرم و عموهایم برای صحبت نزد آنها می‌آمدند و اخبار تازه کشور وجنگ را می‌آوردند. همه نگران بودند که چه خواهد شد. بخصوص که بعد از مدتی خبررسیده بود که یهودیها را می گیرند و به اردوگاه ها می برند. پدرم وعموهایم از این خبر و خبرهای دیگر که از دستگیری خانواده‌های یهودی وبردن آنها به اردوگاه‌ها را می‌شنیدند خیلی نگران بودند. عموی کوچکم مکائیل معتقد بود که باید هر چه زودتر به کشور سوئیس برویم اما پدرم و عمویم داوود مخالف بودند. می‌گفتند. آن جا برویم چه بکنیم، چطور زندگیمان را بگذرانیم؟ ای کاش کمی بهتر

فکر می‌کردند وحرف او را گوش می‌کردند. روزی که عمویم مکائیل با خانم و پسرهای دو قلوی کوچکش چمدانش را بست و به سوئیس رفت. ماهم همراه با آنها می‌رفتیم. آنها رفتند و ما دیگر آنها را ندیدیم اما خبرهایی از دستگیری و بردن یهودیان به اردوگاه از بوداپست ودیگر شهرها به دهکده ما هم رسید. یک روز کدخدا ونماینده دولت در دهکده دستور دولت را به دیوارها زد. دستور دولت که تصمیم دولت رایش آلمان بود. همه یهودیان را مجبور و موظف می‌کرد که روی بازو و یا سینه لباس خود علامت ستاره داوود را که مشخص می‌کرد یهودی هستند سنجاق و یا ببندند. صبح روزی که مادرم علامت ستاره را روی کت من سنجاق کرد. من قبول نکردم اما او گفت باید روی سینه‌ات باشد و یا به بازویت ببند. پرسیدم چرا. گفت ما یهودی هستیم. دستور دولت و نازیهاست و من در راه با کمک دوستم آکوش آن را در آوردم در مدرسه هم وضع عوض شده بود. نگاه بعضی از بچه های مسیحی طوردیگری بود. ظهر یکی از روزها مدیر مدرسه مرا خواست وبا مهربانی گفت. یوزوف تو که یهودی هستی چرا علامت ستاره را به سینه‌ات نزده ای؟ گفتم. مادرم سنجاق کرد اما من خوشم نمی آید. آقای مدیر مرد مهربانی بود. گفت من هم خوش نمی‌آید اما می‌دانی که باید بزنی چون دستور است که همه یهودیان بزنند. بهتره توهم وقتی تو مدرسه هستی بزنی، بیرون که رفتی در بیاری. بعد سرش را با تأسف تکان داد و گفت حالا برو ببینیم وضع چه میشه.

روزها همین طور می‌گذشت البته هر روز اوضاع بدتر و بدتر می‌شد. تا این که آن روز ظهر آن اتفاق افتاد. وقتی ماریا خانم مرا همراه پسرش آکوش شتابان برد. به دم

در خانه آنها که کمی بالاتر از خانه ما بود که رسیدیم ماشین و سربازهای مسلح نازیها را دم در خانه‌مان دیدم. سربازها داشتند. عمو و پدرم و زن عمو و مادرم را می‌بردند. صورت پدرم خونین بود و به دستهای او و عمویم دستبند زده بودند. وقتی من از دور مادر و پدرم را میان سربازها دیدم. نتوانستم خودم را کنترل کنم. ماریا خانم هم که دستم میان دستش بود، نتوانست مرا بگیرد و نگهدارد. دستم را از میان دستش کشیدم وجیغ‌کشان در حالی که مادرم را صدا می‌زدم، به طرف آنها دویدم. ای کاش این کار را نکرده بودم.

یوزوف پیر این جمله را که گفت اشکش گرفت. سرش را خم کرد و با حال دگرگون پیشانیش را روی دستهایش که عصایش را میان آنها گرفته بود، گذاشت و چند لحظه همانطور ساکت ماند. همه بچه‌ها که ساکت و مغموم دور او ایستاده بودند. دیدند که یوزوف پیر آرام گریه می‌کند. بعد از چند لحظه، سرش را بلند کرد و در حالی که اشکهایش را پاک می‌کرد گفت، ببخشید و به صحبتش ادامه داد: مادرم تا صدای جیغ و فریاد مرا که مرتب اورا صدا می‌زدم شنید. نگران برگشت و در حالی که به طرف من می‌دوید وبا دست اشاره می‌کرد و فریاد کشان می‌گفت:

- یوزف نیا، برو، فرار کن، برو، برو پیش ماریا ، برو.

ناگهان صدای مسلسل برخاست. من دیدم که گلوله‌ها به مادرم خوردند و از سینه اوخون بیرون زد و مادرم به زمین افتاد. یکی از گلوله هم به بالای ران پای چپ من نزدیک شکمم خورد و مرا به گوشه‌ای پرت کرد و من دیگر چیزی نفهمیدم. وقتی

که چشم گشودم در اطاق زیر شیروانی همسایه‌مان ماریا خانم بودم. پای زخمی‌ام را بسته بودند. پزشک دهکده‌مان که او هم یهودی بود اما آن روز مخفی شده بود. شبانه آمده و زخم وشکستگی ران مرا بسته بود و من تا مدتی قادر به حرکت نبودم و دیگر به مدرسه نرفتم. بعداز مدتی که حالم نسبتا خوب شده بود. وقتی سراغ پدر ومادرم را گرفتم. ماریا خانم چیزی نگفت اما دوستم آکوش که هر روز عصر کنار بستر من می‌آمد واز درسهای مدرسه می‌گفت. شرح دادکه مادرم آن روز با گلوله سربازان نازی کشته شده و سربازها جنازه‌اش را میان محله رها کرده و رفته‌اند. به سراغ من هم نیامده‌اند. چون فکر کرده‌اندکه من هم کشته شده‌ام. پدرم را که ناآرام بوده و پرخاش می‌کرده و می‌خواسته به کمک من و مادرم بیاید با قنداق تفنگ زخمی می‌کنند و همراه عمو وزن عمویم و دیگر یهودیان می‌برند. بعد از رفتن آنها اهالی محل جنازه مادرم را در قبرستان یهودیان دهکده دفن می‌کنند و مرا ماریا خانم به خانه‌اش می‌برد و شب دکتر می‌آید و زخمهای مرا می‌بندد.. چند ماه در خانه ماریا خانم بودم تا این که آنها با فروش خانه و وسائل منزل ما پولی فراهم کردند و مرا همراه یهودیانی که به سوئیس می‌رفتند فرستادند. هرگز محبت ماریا خانم وخانواده او را فراموش نمی‌کنم. من دیگر نتوانستم آنها را ببینم و نمی‌دانم که حالا کجا هستند و اکوش دوستم چه شده؟ اما همیشه به یاد کمک و محبت آنها هستم. زمستان بود که همراه باگروهی از یهودیان به سوئیس آمدم. نمی‌دانم کدام شهر سوئیس بود، خاطرم نمانده ازمرزکه گذشتیم. پلیس گشت مرزی سوئیس ما را گرفت و با کامیون به یک شهر کوچک مرزی برد. از کامیون که پیاده می‌شدیم من آخرین نفر بودم.

بخاطر سن و قد کوچک و لنگی پایم، نمی‌توانستم تند راه بروم. برای همین از دیگران عقب ماندم. بطوریکه وقتی به ایستگاه قطار رسیدم. آنهایی راکه همراهشان آمده بودم، گم کردم. مامور پلیسی از من سوالهایی کرد اما من زبان او را نمی‌دانستم. فقط با دست قطار را نشان دادم. او هم مرا سوار قطار کرد. و من که حالم زیاد خوب نبود، رفتم در گوشه‌ی یک کابین نشستم، قطار کمی بعد راه افتاد. نزدیک صبح بود که به برن رسیدیم. من که خواب آلود بودم به این مسئله توجه نداشتم که باید خودم را به پلیس معرفی کنم. همراه با تعدادی از مسافرانی که از قطار پیاده شده و سوار قطار دیگری می‌شدند سوار قطاری شدم که به فرانسه می‌رفت و هیچ ماموری هم از من سوالی نکرد و بلیطی نخواست. شاید بخاطر سن کمم بود و من بی آن که بدانم و بخواهم به فرانسه آمدم. در پاریس وقتی در ایستگاه قطار که پیاده شدم گیج وگرسنه بودم. نمی‌دانستم کجا هستم و چه باید بکنم. پاریس در آشغال نازیها بود و در همه جا گشت‌های نازی دیده می‌شدند و من ترسیده و غریب نمی‌دانستم چه بکنم، کجابروم؟ به طرف هر مسافری هم که می‌رفتم با تعجب نگاهم می‌کرد که این پسرک چلاق چه می‌گوید. نمی‌دانم ازخوش شانسی من بود و یا خواست وکمک خدواند که من خواست وکمک خداوند می‌دانم. همانطور که از مسافران سؤال می‌کردم. برحسب تصادف به دو مرد یهودی نسبتاً مسن مجاری برخوردم. آنها مرا کنارکشیدند و پرسیدند که این جا چه می‌کنی؟ در حالی که از ترس و واماندگی گریه می‌کردم. گفتم نمی‌دانم این جا کجاست؟

گفتند این جا پاریسه و تو در فرانسه هستی.

گفتم ولی می‌خواهم به سوئیس بروم. مرا از بوداپست با گروهی به سوئیس فرستادند. شرح دادم و گفتم چه شده و از کجا آمده‌ام و چطور از گروه عقب ماندم و سوار قطار شدم و چطور بی آن که بدانم به فرانسه آمده‌ام. آنها که شدیداً تحت تاثیر قرار گرفته بودند. مرا همراه خودشان بردند. چند روزی در پاریس بودم. بعد از چند روز همراه یکی از آنها به کلرامونت فران آمدم و مدتی در مغازه خواربار فروشی او و برادرش بودم و شبها در انبار پشت خوار بارفروشی می‌خوابیدم تا این که آن فرد مهربان مرا به بنیامین یکی از دوستان و مشتریانش که یهودی و اهل مونت پرو بود سپرد و من همراه بنیامین به مونت پرو آمدم و کارگر او شدم. سالها گذشت جنگ تمام شد و فرانسه آزاد گشت. یک روز بنیامین پیر از من که در طول آن سالها قد کشیده و جوان قوی شده بودم سؤال کرد که می‌خواهم چه بکنم؟ آیا می‌خواهم به وطنم مجارستان برگردم و یا آن جا بمانم. گفتم نمی‌دانم هرچه که شما بفرمائید او که مرا مثل پسرش می‌دید. گفت بهتره که این جا بمانی و اجازه داد با تنها دخترش آلما ازدواج کنم و چون بخاطر لنگی پایم نمی‌توانستم درمزرعه کار کنم و کمک او باشم این خانه ودکان را در این جا با کمک او ساختم و به کار نجاری و خراطی مشغول شدم و زندگی خوبی ساختم. زنم چند سال پیش درگذشت. خدا بیامرزدش زن مهربان وبا وفایی بود. تنهایم نمی‌گذاشت. همیشه مراقبم بود. از روزی که او و در گذشته دیگر خیلی تنها شده‌ام و تنها امید و شوق زندگیم، مردم دهکده وشماها هستید. می‌دانید که چقدر دوستتان دارم. اگر هم با خودم حرف می‌زنم بخاطر غصه‌های زندگیم است. من همیشه بیاد مادر و پدرم و خانواده‌ام هستم. از شماها هم می‌خواهم همیشه

در خدمت پدر و مادرتان باشید. می‌دانم که هستید. خوب این زندگی من بود. حالا که دانستید برید به خونه هاتان برید بچه های خوب.

یوزیف پیر این را گفت و بلند شد. دست به شانه های ما از سر محبت کشید و لنگان راه افتاد اما حرفها و داستان زندگیش همه مارا تحت تاثیر قرار داده بود. تا چند روز بفکر یوزیف پیر و زندگی پرماجرایش بودم ونمی‌توانستم فراموشش کنم و از آن به بعد هر وقت که به دهکد می‌آیم. یاد او می‌افتم و دوست دارم که ببینمش وحالش را بپرس.

۹

تو مثل آفتاب همیشه بی دریغ بودی. من این را در زندگی کوتاه مشترکمان یافتم. زندگی من و تو کنارهم اگر چه کوتاه بود اما به اندازه عمر جهان، عشق و خاطره دارد. به برادرت آلفرد هم گفتم. نمی‌توانم فراموشت کنم. غم نبودنت، کشته شدنت بدست آنهایی که دوستشان داشتی فرسوده‌ام کرده و از همه بدتر غم بچه‌مان که هنوز جنینی پنج ماهه بود و تو چقدر از این که حامله بودی و بزودی مادر می‌شدی خوشحال بودی. دائم از اینکه مادر خواهی شد وچطور از بچه‌ات مراقبت خواهی کرد و شیر خواهی داد، صحبت می‌کردی و از همان روزی که فهمیده بودی بارداری علاقه و توجه‌ات را به خیلی از مسائل و کارها کم کرده و بیشتر در فکر بچه‌ات

۸۰

بودی. هفته‌ای نبودی که با چند جلد کتاب تازه در مورد مادر و کودک و تغذیه کودک و... به خانه نیایی. سرانتخاب اسم بچه اگر پسر بود چه بگذاریم و دختر بود چه؟ هر شب کلی بحث داشتیم و تو هنوز به هیچ اسمی راضی نشده بودی و راضی نبودی که پزشکت که کنترل دوره حاملگیت را داشت سونوگرافی کند و جنسیت بچه‌ات را که تازه شکل گرفته بود. برایت بگوید. می‌خواستی همانطور پوشیده بماند. برایت هیجان انگیز بود که بعد از زایمان بدانی که بچه‌ات پسر است و یا دختر و من در این کار با تو هم عقیده و همراه بودم اما در انتخاب اسمها نه و مدام با هم کلنجار می‌رفتیم .بخصوص حدود هفت و یا هشت شب پیش از کشته شدنت. یعنی درست یک هفته قبل از سفرت به پاریس من از سر شوخی و برای این که سر به سرت بگذارم. گفتم اگر بچه پسر باشد اسمش را می‌گذارم قوچی (قوچعلی) تو پرسیدی قوچی (قوچعلی) یعنی چی، معنیش چیه؟ وقتی معنی‌کردم وگفتم یعنی گوسفند و یا بزشاخدار جنگی علی و خندیدم با بالش بر سر و روی من کوبیدی و در آخر خنده‌های زیبای تو بود و شادی و بوسه های من. هنوز صدای خنده‌هایت در گوشم است و انعکاس دارد. ای کاش به پاریس نمی‌رفتی. ای کاش آن روز صبح بیدارت نمی‌کردم و تو از قطار می‌ماندی. پیکرت را میان کشته‌های سالن در ردیف دوم یافتند ... سه گلوله به سینه و شکمت خورده بود. یکی از گلوله ها که شکمت را شکافته بود بچه مان را هم کشته بود. تو دستت را از درد و شاید برای محافظت از بچه‌ات، روی شکمت گذاشته بودی و دهانت باز و شکفته مانده بود. انگار موسیقی زندگیت با خاموشی ضربان قلبت تمام نشده بود وتو هنوز موسیقی زندگیت

را لالائیت را برای بچه‌ات می‌خواندی. لالایی کشته باتکلان را، اما نمی‌دانم. بچه‌مان که در شکمت همراه تو کشته شد. این لالایی و نجوای تو را شنید، می‌شنود و یا نه؟ نجوای تو را که نا تمام ماند.

پیکرت را به مونت پرو بردم. دوستانت اعتراض داشتند. می‌خواستند که تو را در قبرستان زادگاهت کلرامونت فران کنار مارگریت دوست و همکلاسی دوره دبیرستانت دفن کنند. اما قبول نکردم. چون می‌خواستم تو را همان جا نزدیک دهکده زیر درخت شن کنار جاده رو به دره به خاک بسپارم ولی پدر بزرگت راضی نشد. یعنی اجازه چنین کاری را نداشتیم. ناگزیر تو را در قبرستان مونت پرو در جایی که رو به دره است دفن کردیم و پدر بزرگت بر بالای قبرت درخت شنی کاشته که سایه بان قبر توست.

۱۰

مارگریت دوست دوران مدرسه تو دختر شاد و سرزنده ای بود. افسوس که مثل تو عمری کوتاهی داشت. روزی که مرد تو در خودت نبودی. ناراحت و غمگین مرتب می گفتی:

- این درست نیست، او از زندگی لذتی نبرد. چرا باید به این زودی می رفت. افسوس چرا مرد. این مرگ با زندگی ماها چه می کند؟

و من این حرفهای تو را با هزار جمله دیگر بعد از مرگ نه، کشته شدندت. هر روز تکرار کرده‌ام و به این زندگی و دنیایی که ساخته‌ایم هزاران بار لعنت فرستاده‌ام و تف کرده‌ام. اگر کسانی برای توجیه و هم دردی تسلی بگویند، هم چنان که در این مدت در مراسم و دیدارها، بارها و بارها دستم را فشرده‌اند و با لحن و قیافه‌ای پر از تأسف گفته‌اند :

-    خیلی متأسف شدم. اتفاق بدی بود، حیف شد، روحش شاد.

-    خیلی متاسفم. خداوند روحش را شاد کند، واقعا متأسف شدم. ولی چه می‌شود کرد، بالأخره اتفاقیست که افتاده، خودتان را زیاد ناراحت نکنید، هرکس سرنوشتی داره، سرنوشت او هم این بوده.

-    خیلی متاسفم، روحش شاد. مطمئن باشید خداوند جزای این تروریستها را خواهد داد.

من این تأسف‌ها و هم دردها را قبول نکرده‌ام و نمی‌کنم و قبول ندارم که کشته شدن تو در باتاکلان بدست یک مشت آدمکش اتفاقیست که افتاده، سرنوشت تو بوده، نه، قبول نمی‌کنم. کشته شدن تو و بچه‌ات و کشته شدن ده‌ها مرد و زن دیگر در هر جا و هر نقطه دنیا به دست تروریستها و یا در جنگها و بمب گذاریها نمی‌تواند تقدیر و سرنوشت و اتفاقی باشد. من همه را متهم می‌کنم و مسئول می‌دانم. این نتیجه وضع اخلاقی و فکری مردم دنیا و جامعه تکه پاره‌ی ماست. دنیایی با تضادهای عمیق که ساخته‌ایم و می‌دانیم که همه ما در ساختن آن سهیم هستیم. حتی خود من وقتی به این مسئله و سهمی که دارم می‌اندیشم، دیوانه می‌شوم. مرگ دوستت مارگریت هم از

بیماری سرطان خون، نتیجه عمل ماست .تاثیر محیط و آب و هوای آلوده‌ی دنیای خرابیست که ساخته‌ایم.

من مارگریت را فقط سه باردیدم. یکبار در جشن عروسیمان. باردیگر در لیون که همراه شوهرش بدیدنمان آمد و دفعه سوم هنگام بیماریش که با هم به خانه‌اش برای عیادتش رفتیم. شوهرش ایساک و یک گربه پشم آلوی ایرانی سفید کنارش بودند. مارگریت که روی تختخواب نشسته و به بالش تکیه داده بود، گربه‌اش را روی زانوانش نشانده و نوازش می‌کرد. لاغرو تکیده شده بود. سرطان وجودش را خورده و ضعیفش کرده بود. وقتی وارد اطاقش شدیم. تورا که دید خوشحال شد، گربه‌اش را به شوهرش داد و دستانش را برای بغل کردنت گشود و درحالی که اشک و لبخندش به هم آمیخته بود گفت:

- ادل آه ادل چه خوب کردی که آمدی چه خوب کردی، منتظرت بودم.

و در حالی که تو را بغل می‌کرد با صدای گرفته وبغض آلودی گفت:

- می بینی به چه روزی افتاده ام. دارم می‌میرم.

و تو با وجود این که متأثر و دگرگون شده بودی و من ناراحتیت را در چهره وصدایت می‌دیدم و می‌شنیدم در حالی که نوازشش می‌کردی، با لحنی جدی اما آمیخته به شوخی گفتی:

- می‌میری؟ گمان نمی‌کنم، ما از این شانسها نداریم.

بعد در حالیکه سعی می‌کردی به او روحیه و امید بدهی گفتی:

-     بسه دیگه خودتو لوس نکن. با هر مریضی که آدم نمی‌میره. در ثانی تو غلط می‌کنی که بمیری. ما حالا حالاها کار داریم. تو باید بمونی و بچه منو ببینی وبزرگ کنی، قول داده‌ای که مادرخوانده اش باشی، فهمیدی. یک چیز دیگه، یک چیزی که این روزها خیلی توسرمه و منتظرم که تو هرچه زودتر خوب بشی و از بیمارستان مرخص بشی، با هم بریم به کلرمونت. خیلی دوست دارم بعد از سالها با هم بریم بینیم بزغاله ها چکار می‌کنند.

مارگریت با همه حال ناخوش و رنجورش وقتی کلمه بزغاله‌ها را شنید خنده‌اش گرفت و توخندان بغلش کردی و بوسیدی و با وجود این که بسیار متأثر و ناراحت بودی. سعی کردی باز شوخی کنی و سر بسرش بگذاری. ساعتی در کنارش بودیم. من وایساک برای این که شما دو تا را تنها بگذاریم از اطاق بیرون رفتیم و در اطاق نشیمن روی مبل کنار هم نشستیم. ایساک بسیار غمگین و ناراحت بود اما سعی می‌کرد که بروز ندهد. وقتی نشستیم نتوانست خودش را کنترل کند، بغضش ترکید، گفت پزشکان قطع امید کرده‌اند و مارگریت زیاد نخواهد ماند وگریست. نمی‌دانستم که چه بگویم وچطور تسلیش بدهم. فقط گفتم امید بخداوند داشته باش در جوابم نگاهی از سر نا امیدی و درماندگی کرد و گفت:

-     خداوند هم امیدش را گرفته.

بلند شد و به دستشویی رفت. فهمیدم که می‌خواهد راحت تر گریه کند. همانطور که وقتی از خانه‌اش در آمدیم تو بغضت را شکستی و گریستی. فهمیده بودی که رفتنی است و می‌دانستی که چقدر به وجود تو و حضورت در کنارش احتیاج

دارد. برای همین فردای آن روز و روزهای بعد تا روز درگذشتش هر روز عصر بدیدنش رفتی و در کنارش بودی.

عصر آن روز که از خانه‌اش در آمدیم ناراحت و غمگین بودی. دلت از وضع او گرفته بود. گفتی مارگریت از کودکی عاشق گربه بود و همیشه یک یا دو گربه پشمالوی زیبا در خانه داشت. ما هم محله‌ای بودیم. خانه‌شان در کلرمونت فران چند خانه بالاتر از خانه ما قرارداشت. در روزهای تعطیل گاه او به خانه ما می‌آمد وگاه من به خانه آنها می‌رفتم. پدرش کارمند بانک و مادرش معلم بود اما قیافه های سرد وعبوس داشتند و بسیار دیندار و سختگیر و مقرارتی بودند. به قول خود مارگریت که همیشه می‌گفت: "خانه ما یک مدرسه نظامی است. همه چیزی باید تمیز و براق سرجایش باشد و برنامه‌ها یعنی خوردن وخوابیدن و تماشای تلویزیون البته اگر اجازه داشته باشم و ... سر ساعت انجام می‌گیرد و .. اضافه کنید به اینها. تذکرها، کنترلها و ..."

فکر می‌کنم برای همین مارگرت دوستان کمی داشت و تنها دوستش من بودم، همیشه از دست مادر و پدر دیندار و مقرراتی سختگیرش کفری بود با مارگریت از دوره مدرسه و روزهای بعد مدرسه خاطره زیادی دارم اما بهترین خاطره ما دو تا در سالهای آخر دبیرستان است.

در دوران دبیرستان من و ماگریت و سوزی و چند تن از دخترهای دیگر کلاس عادت داشتیم، برای بچه‌های کلاس بخصوص به پسرها و معلمها و همین طور بعضی آدمهایی که می‌دیدیم و می‌شناختیم اسم و لقبی بگذاریم. البته این انتخاب براساس

شکل و شمایل و رفتار و حرف زدن وفکر و ذکر هرکس انتخاب می‌شد. مثلا یک پسر درازقدی در کلاس ما بود که دائماً در رفت وآمد بین کلاسها وگاه مدرسه‌ها بود کمتر در یک مدرسه و یا کلاسی بند می‌شد در شهر هم اگر روزی گردش می‌کردی او را در مکانهای مختلف می‌دیدی به همین خاطر او را مارکوپلو لقب داده بودیم. پسر دیگری بود که قد کوتاه داشت ولاغر و زردنبو اما بسیار موذی و فعال بود. اسمش را آقا سوسکه گذاشته بودیم و یکی از معلمهایمان را که سرش تاس بود و هیکل قوی داشت و شبیه یول براینر هنرپیشه آمریکایی بود. آقا یولی می‌نامیدیم و یکی از خانم معلمها را مادام بواری و صاحب ساندویچ فروشی سرخیابان نزدیک مدرسه را بخاطر فرم کله و دماغ و صورتش و هیکل چاقی که داشت آقا خرسه می‌گفتیم. همین طور به هرکس اسمی و لقبی می‌دادیم و‌می‌خندیدیم. البته کار خوبی نبود اما اقتضای جوانی و دوره مدرسه بود. بهانه و وسیله‌ای بود برای تفریح و‌خنده.

صحبتت را قطع کردی و پرسیدی:

- راستی اولین بار که مرا دیدی، من شبیه چه چیزی بودم و اگر می‌خواستی مرا شبیه چیزی بدانی، برایم اسمی و لقبی بگذاری شبیه چه چیزی می‌دانستی و چه می‌گفتی؟

- تو را شبیه چه می‌دانستم؟

- بله.

- نمی‌دانم اما من از همان اولین دیدارمان تو را با هیچ چیز و هیچ کس مقایسه نکرده‌ام. تو برای من همیشه خودت بودی.

خوشحال و ممنون از نظر من خنده کمرنگی کردی و گفتی:

- ممنون عزیزم اما اگر برای محض خنده و شوخی می‌خواستی مرا شبیه چیزی بدانی و اسمی بگذاری چی؟ چه می‌گفتی؟

- نمی‌دانم هرگز چنین تصوری نداشتم.

- اگر بخواهی چی؟

- به نظر من نمیشه چیزی را شبیه تو گفت و یا تو را شبیه آن دانست. تو شبیه خودتی و اگر روزی مجبورم شوم که تو را شبیه چیزی بدانم. باید بگویم من تو مثل یک گل. یک گل سرخ می‌دانم. اما اگر اصرار داری که برای محض خنده باشه خوب می‌تونم بگم تو شبیه یک گل شیپوری هستی که گوشم را می‌بری

- چی؟ پس گل شیپوری هستم و گوشت را می‌برم.

با مشت آرام به شانه‌ام کوبیدی گفتی:

- باشه، باشه اما در نظر من تو شبیه هیچ چیزی و هیچ کس نیستی جز خودت. تو برایم همیشه خودتی، برای همینه که این همه دوستت دارم.

- ممنونم. خواستم شوخی کنم. گفتم که نمیشه تورا شبیه چیزی دانست، توشبیه خودت هستی .اما خاطره بزغاله‌ها چی بود، بزغاله‌ها کی بودند؟

بزغاله‌ها!؟ آهان بزغاله‌ها برادران شیرینی فروش بازار نزدیک محله ما بودند. این لقب را من به آنها داده بودم. مغازه آنها در گوشه سمت راست مرکز خرید نزدیک محله و مدرسه ما بود. آنها اهل ایرلند بودند، مدت زیادی نبود که مغازه شان را دایر کرده بودند اما بخاطر نان کیک و شیرینی‌های خوشمزه که می‌گفتند مادرشان

درست می‌کند، بین مردم محل معروف شده بودند. البته شکلات وبستنیهای خوشمزه در رنگ و طعمهای مختلف هم داشتند که بچه‌ها و جوانها بیشترین مشتریشان بودند. من و مارگریت هم مشتری شکلات و بستنی آنها بودیم. اولین بار که تعریف شیرینی و بستنی آنها را از دوست و هم کلاسیمان سوزی شنیدیم. تصمیم گرفتیم که ما هم تست کنیم. برای همین عصرهمان روز بعداز تعطیلی مدرسه به مغازه شیرینی فروشی آنها رفتیم تا وارد مغازه شدیم و من چشمم به برادران شیرینی فروش جری و جیمز خورد. احساس کردم شبیه بزغاله‌اند. با همان شیطنت همیشگی که داشتم آرام به مارگریت گفتم:

-    په، اینها چقدر شبیه بزغاله‌اند، شیرینی فروشی بردران بزغاله!

تا این را گفتم، مارگریت زد زیر خنده.

هر دو برادر قد کوتاهی داشتند، صورتشان دراز و دماغشان باریک و چشمانشان ریز. به رنگ قهوه‌ای بود. به نظرم ابرو نداشتند و اگرهم داشتند کم رنگ وکم پشت بود و ریش کم پشتشان زیر چانه دراز به رنگ قهوه ای مایل به قرمزبود. یکی لاغر بود، دیگری چاق.

برادر بزرگتر که اسمش جری بود لاغر بود کلاه سیاه به سر داشت با پیش بند سفید و کار فروشندگی و حساب مشتریان را انجام می‌داد. برادر کوچکتر که چاق بود اسمش جیمز بود، کلاه قهوه‌ای بر سرداشت با پیشبند سبز زیتونی،کار تحویل بستنی و شیرین به مشتریان را انجام می‌داد ونسبت به برادر بزرگش که عبوس و صدای نازک ته چاهی داشت، خوشرو بود.. وارد مغازه که شدیم، بغیر از ما دوتا، مشتریان دیگری

هم بودند. مارگریت به زور خنده‌اش را نگه داشته بود. می‌دانستم که دارد منفجر می‌شود و می‌خواهد بزند زیر خنده اما من سعی می‌کردم که خودم را کنترل کنم و خنده‌ام را بدزدم اما با وجود این لبخند کم رنگی به لبانم بود. هر دو برادر از دیدن چهره خندان ما به وجد آمدند. برادر بزرگتر پیش آمد و با صدای نازک ته چاهی گفت:

-    خانمهای خوشگل چه میل دارند؟

من آرام به پهلوی مارگریت زدم گفت:

-    بزبزی می‌پرسه چی میل داریم.

با گفته من مارگریت نتوانست خودش را نگه دارد. دستش را روی دهانش گذاشت و سرش را پائین انداخت و زد به خنده. من هم زدم زیر خنده.

او که از خنده ما خنده اش گرفته بود با تعجب گفت: چیزی شده که شماها می‌خندید؟

گفتم نه چیزی نیست همین طوری می‌خندیم، لطفاً دو تا بستنی بدهید.

-    چه نوع بستنی می‌خواستید؟

-    سبز نعنایی، تعریفش را از دوستانمان شنیده‌ایم.

-    چه انتخاب خوبی بله دوستانتان درست تعریف کرده‌اند. خیلی خوش مزه است. البته همه بستنیهای ما خوشمزه است.

بعد برگشت خندان به برادر کوچکش گفت: جمیز دو بستنی لیوانی سبز برای خانمهای خوشگل وخندان.

باز خندید من و مارگریت هم خندیدیم. برادرکوچکه بستنیها را خندان با چهره
گشاد آورد، گرفتیم و پولش را پرداختیم و بیرون آمدیم اما همه‌اش تو راه
می‌خندیدیم. چه روزهای خوبی بود. بچگی وخنده برای هرچیز ساده وپیش پا افتاده.
چند بار دیگر هم برای خرید بستنی و شکلات به مغازه آنها رفتیم و هربار خنده ما
بود و تعجب آنها. تا این که یک روز عصر که مارگریت به سفارش مادرش، برای
خرید شکلات می‌رود. آنها می‌پرسند دوستت کجاست؟ بعد می‌گویند که عصر
روزهای یکشنبه مغازه‌شان تعطیل است و آنها وقت آزاد دارند می‌توانند با ما به
سینما بروند. روز بعد که مارگریت از پیشنهاد و دعوت آنها گفت من خیلی عصبانی
شدم، گفتم بزغاله ها چه فکر کرده‌اند. بیا برویم حسابشان را کف دستشان بگذاریم.
ماگریت ترسید و به دست و پا افتاد. فکرکردکه تهدید من جدیست. به بازوی من
چسپید و التماس کنان گفت که نه ادل ولشان کن. گفتم پس به پدرم بگم. تو هم به
بابت بگو و او از این که ممکنه پدر و مادر سختیگرش بفهمند به التماس افتاد و
گفت: نه ادل این کار را نکن ولشان کن. من هم که زیاد در آن کار جدی نبودم.
گفتم باشه و دیگر به مغازه آنها نرفتیم اما همیشه جریان بزغاله ها و یاد آوری
خاطره آنها باعث خنده ما بود.

مارگریت و ایساک در سال آخر دبیرستان با هم دوست شدند. دوستی و عشق آن دو
به هم نه تنها مرا بلکه همه بچه‌های کلاس را غافلگیر و شوکه کرد. البته بعدها که
با ایساک بیشتر آشنا شدم. فهمیدم که اشتباه می‌کردم. ایساک پسر با اخلاق و
خوبیست اما من هرگز فکر نمی‌کردم که مارگریت از او خوشش بیاید. ظهر روزی

که مارگریت گفت که از ایساک خوشش می‌آید و با اودوست شده. شوکه شدم. برایم اصلا باورکردنی نبود. آخه چه کسی می‌توانست از ایساک خوشش بیاید آنهم با آن خانواده پولدار اما خسیسش. ایساک در دوره مدرسه پسری چاق با موهای فر قهوه‌ای مایل به قرمز و صورتی گرد و چاق و کک مکی بود. قدی کوتاه داشت وچشمانی ریز و سبز بی حالت. الان هم همانطوره البته بسیار فرق کرده زیباتر و خوش تیپ تر شده. خیلی اجتماعی نبود اما خیلی درس خوان بود. در مدرسه دوستان کمی داشت. برای همین خیلی منزوی بود و بچه‌های مدرسه چندان تحویلش نمی‌گرفتند. به غیر از دو پسر کوچک هم محله‌اش که روزهای تعطیل هم بازیش بودند. همیشه ناهارش را در سلف سرویس تنها می‌خورد. اما اخلاق خوبش این بود که هیچ وقت از سربه سر گذاشتن بچه‌ها بخصوص پسرهای سال بالایی که خودشان را ارشد می‌دانستند. شکایت نمی‌کرد. به متلک و اذیت آنها لبخند میزد و می‌گذشت و وقتی مشتی، تنه‌ای می‌خورد ویا کلاهش را از سرش برمی‌داشتند. با کمی گلایه می‌گفت. چرا این کارو می‌کنید؟ لطفاً کلاهمو پس بدهید آقا. بخاطر همین رفتار وصبوریش. بعضی از بچه ها دلشان می‌سوخت وکمی تحویلش می‌گرفتند. بعد از مدتی همه به حال خودش رهایش کردند. ایساک چون دوست و هم صحبت کم داشت. کمتر مطرح و بخصوص مورد توجه دخترها بود. وقتی مارگرت گفت که از ایساک خوشش آمده وبا او دوست شده. باورم نشد. اما وقتی شنیدم که یک بعدازظهر را با او به سینما رفته دیگه باورم شد. دوستیشان در بعدازظهر یکی از روزها که مارگرت برای خرید رفته بوده شروع شده بود. مارگرت می‌گفت: دفترچه یادداشتم تمام شده

بود. باید یکی تازه‌اش را می‌خریدم. قرار بود که با مادرم برای خرید برویم. عصر که

از مادرم خواستم، گفت سرش درد می‌کند و حوصله ندارد. اگر خیلی احتیاج داری

خودت برو. عجیب بود هرگز اجازه نمی‌داد که به تنهایی برای خرید بروم اما آن

روز این اجازه را داد. گفت برو و زود برگرد. من هم از خدا خواسته از خانه بیرون

زدم. دوچرخه‌ام را برداشتم آمدم. تو فروشگاه ایساک رادیدم. سلام کرد. من هم

سلام گفتم. نمی‌دانم چه شد که پرسید برای خرید آمده‌اید؟ گفتم می‌خواهم دفترچه

یادداشت بخرم. همراهم آمد دفترچه یادداشت خریدیم. نیم ساعتی در فروشگاه بودیم.

بیرون که آمدیم. پرسید بستنی میل داری. من هم قبول کردم. از دکه بستنی فروشی دو

تا بستنی قیفی گرفت و با هم لب رودخانه رفتیم. همان جا فهمیدم که پسر خوش

قلب و خوبیست. قرار شد که روزهای تعطیل همدیگر را ببینیم.

آن روزها نه ایساک ونه مارگرت مایل نبودند دوستی و روابطشان را علنی بکنند.

همیشه در فاصله کلاسها ویا وقت ناهار در سلف سرویس ایساک می‌آمد در میز

مقابل و یا میز کناری می نشست و نگاهش به نگاه مارگریت بود. بعد از تمام شدن

دوره مدرسه ایساک که با تصمیم پدرش می‌خواست در کار تجارت باشد. اقتصاد

خواند و مارگرت به دانشکده پرستاری رفت. اما ادامه نداد. چون همان سال اول با

ایساک ازدواج کرد اما افسوس که دیگر امیدی نیست و زندگیش به این جا رسیده.

صحبتت را قطع کردی و نگاهت را به نگاه من دوختی. من آرام شانه‌ات را فشردم

وگفتم، چه میتوان کرد گاه زندگی بیش از حد ظالمه و توگریستی.

مارگریت مدت یک ماه در بستر بود. صبح روزی که مرد کسی پیشش نبود. نه مادر و پدرش و نه فامیلش ونه تو وایساک. ایساک سرکارش بود و تو در دانشگاه وقتی زنگ زدی وخبر در گذشتش را دادی، می‌دانستم که چه حالی داری، مرتب می‌گفتی این انصاف نبود. او خیلی زود رفت و نمی‌دانستی که چند ماه بعد تو هم خواهی رفت. اهریمنهایی زندگی تو را قطع خواهند کرد.

۱۱

می‌گفتم آدمها مثل درختند، فصلها دارند. رنگ رخسارشان، رنگ برگهایشان است. وقتی مریض می‌شوند، وقتی خسته‌اند. وقتی پیر می‌شوند، رنگ برگهایشان هم عوض می‌شود، سبز و سرخ و زرد می‌شوند و یک روز باد که بوزد، می‌ریزند. تو می‌گفتی نه این خیلی رمانتیک و شاعرانه فکر کردن است، آدمها مثل درخت نیستند. خودشانند اما اسیر زمانند. من می‌گفتم گذر زمان گذر فصلهای آدمیست، تو می‌گفتی گذر زمان گذر فصلها برای همه چیز است. تنها برای آدمی نیست. زمان بر همه چیز مسلط است. گردش زمان همه را با خود می‌برد. زندگی همین است گذر فصلها. آدمها

اگر گرفتار اتفاقها نشوند. اگر حادثه ای و اتفاقی روی ندهد. فصلها وگذر زمان را به زیبایی زندگی می‌کنند. من می‌گفتم اگر اتفاقی هم بیافتد؟ تو سکوت می‌کردی و من می‌گفتم هر اتفاقی که بیافتد، ای کاش اتفاق عشق باشد. عشق مهمترین اتفاق زندگی ست و تو می‌خندیدی و من نمی‌دانستم که تو از یک اتفاق و حادثه‌ی بد می‌ترسی. انگار می‌دانستی که یک اتفاق زندگی تو را خواهدگرفت. گلوله هایی برگ و بار زندگیت را خواهد ریخت و آن اتفاق در باتاکلان افتاد. زندگی توراگرفت ومن تنها شدم.

بعدازکشته شدنت مدت یک ماه و اندی در غم از دست دادنت افسرده و عزادار بودم. غم بی تو بودن .غم کشته شدنت ویرانم کرده بود. روزها را افسرده حال به بیهودگی می‌گذراندم و کم کم داشتم دق می‌کردم که یک روز عصر به یادداشتی از تو در کاغذ کوچکی در بین یکی از کتابها برخوردم. نوشته کوتاهی بود در زمینه آئین میترائیسم و عنصر آب وتحلیل این مسئله که انسان از آب است و مثل آب می باشد. پاک می‌کند و پاک می‌گردد. وقتی یادداشت کوتاهت را خواندم به حقیقت احساس پاک تو، فکر و نظریه‌ی فلسفی و دینی تو که مرام وهدف زندگی تورا تشکیل می‌داد پی بردم. بله حقیقت تو همان بود. تو مثل آب بودی. عاشق، بی رنگ و پاک. این حقیقت وجود تو بود.

ساعتی همین طور که غرق در یاد و خاطره ات به یادداشت کوتاه و نظریه فلسفی تو و فکر وآرمانهایت می‌اندیشیدم، بفکرم رسید تو یادداشت ونوشته‌های زیادی داری، بهتر است تمام آنها را جمع آوری کنم و بخوانم و برای چاپ بصورت یک کتاب

تنظیم کنم. همان عصر شروع به کار کردم. یک به یک تمام کتابها و دفترها و کاغذهای پراکنده را در چند پوشه جمع آوری و با دقت وحوصله شروع به مطالعه کردم. در تک تک برگها اثر دست و انگشت تو وعطر وجود توبود درحین جمع آوری و مطالعه نوشته‌هایت به چند نامه از خودم وپیش نویس دو نامه تو که از کلرمونت فران برایم نوشته بودی برخوردم . تو نامه نوشتن بخصوص نامه عاشقانه به سبک گذشته را خیلی دوست داشتی، می‌گفتی نامه حس وحال دیگری دارد. اکنون ایمیل و پیامک تمام حس و حال انتظار رمز و راز نامه را از بین برده‌اند و مثل نامه ماندگار نیستند. نامه را می شد بدست گرفت کاغذ ونوشته هایش را لمس کرد در تک تک کلمه و جملاتش ایستاد. سطر به سطر آن را بویید و حفظ نمود و در جوابش، نامه نوشت، پست کرد و برای مدتی منتظر پاسخ ماند وهمین انتظار چه شیرین است.

آن چند نامه را که در پاکت پستی بودند باز کردم و خواندم در هر سطرنامه‌های من حرفهای دل من بود و در سطر سطر نامه تو روح واحساس درخشان تو و اثر انگشتان و رنگ لبانت از بوسه‌ای که نموده بودی.

ادل عزیز

سلام. امیدوارم که خوب وخوش باشی و مرا فراموش نکرده باشی. من که یک لحظه هم نتوانسته‌ام فراموشت کنم. می‌خواهم بدانی از لحظه‌ای که از تو خداحافظی کردم و به لیون برگشته‌ام، بیاد تو و آشنایی با تو بوده‌ام. چهره زیبا و لبخند شیرینت

هرلحظه مقابل چشمم است و مدام حرفها و صحبتهایت را در ذهنم مرور می‌کنم. علتش را نمی‌دانم اما احساس می‌کنم اتفاقی افتاده، یک احساس خوب وشیرین بر جان و دلم نشسته و یک لحظه هم از فکر و ذهنم بیرون نمی‌رود و راحتم نمی‌گذارد.

در این سه روز چند بار خواستم زنگ بزنم و با تو صحبت کنم اما نتوانستم. چون فکرکردم شاید نتوانم احساسم را درست برایت بگویم. تصمیم گرفتم آن را برایت بنویسم. البته می‌دانم که تو از دریافت نامه خوشحال خواهی شد. در بعدازظهر روزی که در کافه با هم نشسته بودیم این را گفتی. گفتی که نامه را به تلفن وایمیل و پیام ترجیح می دهی. من هم مثل تو فکر می‌کنم و درنوشتن احساسات وعواطفم در نامه راحت ترم. می‌دانی بعضی چیزها هست که نمی‌توان گفت باید آنها را نوشت. لااقل من چنین فکر می کنم.

ادل مطمئنم تو احساس مرا نسبت به خودت می‌دانی چون آن روز در کافه بتوگفتم. با این همه می‌خواستم دوباره برایت بنویسم و به عشق و علاقه‌ام بتو اعتراف کنم. راستش در فرهنگ ما ایرانیها عشق یک چیز الهی و یک اتفاق مقدس است و برای رسیدن به آن باید هفت شهر عشق را گشت. من نیز می‌خواهم با تو هفت شهر عشق را بگردم اما در حیرتم آیا این خواست خدا بود و یا تصادف وتقدیرکه من با تو آشنا شدم؟ هر چه بوده و هست من آن را مقدس می‌دانم. دیدار وآشنایی با تو مرا دگرگون کرده. همانطور که آن روز عصر در کافه بتو گفتم. من احساس دیگری بتو یافته ام. اگر قرار است اعتراف کنم. من اعتراف می‌کنم که عاشقت شده‌ام و این را در این

چند روز که به لیون برگشته ام با تمام وجودم احساس کرده ام. می دانی در همان روز بین صحبتهایمان گفتم که به اعتقاد من آدم مثل یک گیاه یا یک درخت است با عشق شکفته می شود و از غم آن پژمرده. من با عشق تو در این چند روز شکفته شده‌ام، امید یافته‌ام، نه بهتر است بگویم هدف یافته‌ام و احساس می‌کنم که برای آینده ام و زندگی با تو باید بیشترتلاش بکنم تا یک خانواده ویک زندگی متفاوت بسازم. می‌گویم متفاوت چون احساس می‌کنم تو متفاوت ترین کسی هستی که در زندگیم یافته‌ام و نمی‌خواهم از دست بدهم. برای همین این نامه را نوشتم تا به عشق وعلاقه‌ام و درخواستم برای ازدواج وزندگی با تو اعتراف کنم و این همان هفت شهر عشق است که با تو باید زندگی کنم و بگردم. شاید بپرسی عشق عمیق با یک ویا دودیدار مگر ممکن است؟ ما احتیاج بدیدارهای مکرر و زمان داریم تا عمیقاً عاشق هم شویم. اما من چنین فکر نمیکنم. چون در همین دو دیدار کوتاه این احساس عمیق را بتو یافته‌ام و به آن یقین دارم و برای همین هم نوشتم و اعتراف کردم. امیدوارم که درخواست وعشق مرا بپذیری. منتظر جوابت خواهم ماند. اگر تلفن نکنم بدان که می‌خواهم تو راحت تصمیم بگیری. هزار بار می‌بوسمت و آرزوی دیدارت را دارم. با هزار شاخه گل رز که تو دوست داری.

نادر درودیان

دو هفته تمام در انتظار جواب تو بودم. نمی‌خواستم زنگ بزنم. عجیب بود تو هم

زنگ نزدی. بعد از گذشت دو هفته. عصر روز دوشنبه هفته سوم که به خانه برگشتم. نامه تو را در صندوق پست دیدم. نمی‌دانی چه حالی داشتم. بعدها بارها به تو نقل کردم و تو چقدر می‌خندیدی و چه لذتی از این حیرانی و بی‌تجربگی من در عشق می‌بردی. نامه‌ات را برداشتم به جای سوار شدن به آسانسور شتابان از راه پله‌ها بالا رفتم. نمی‌دانم آن تعداد پله را تا طبقه سوم چطور و به چه سرعتی طی کردم. وارد آپارتمان که شدم. در را بستم و پشت در کمی ایستادم تا نفسم کمی آرام شود. نمی‌دانستم که چه بکنم از بازکردن نامه دلهره داشتم، بخصوص تو دیر پاسخ داده بودی و در آن مدت زنگ نزده بودی، همه‌اش تشویش داشتم که نکند جواب تو منفی‌ست اما گمان نمی‌کردم چون نگاه و رفتار و احساس تو در آن دو روز چیزی دیگری بود. کتم را در آوردم و پشت میز تحریرم نشستم. آن جا همیشه مطمئن ترین و امن‌ترین جا برایم بوده و هست. نامه را گشودم و خواندم. نه یک بار بلکه چند بار، عطر نفسهای تو در تک تک کلمه‌های آن جاری بود و من آن را تنفس می‌کردم و بعدها بارها و بارها خواندم.

سلام نادر عزیز

حالت چطوره؟ امیدوارم خوب و خوش باشی. چقدر دلم برایت تنگ شده. هفته پیش نامه‌ات رسید. چه کار خوبی کردی که نامه نوشتی و چه خط و قلم خوبی داری. تا امروز چهارشنبه آن را چندین بار خوانده‌ام. عزیزم فکر نمی‌کردم تو این همه احساس پاک و روح شاعرانه داشته باشی. پدرم همیشه می‌گوید شرقی‌ها آدمهای این

احساساتی و عاشق پیشه‌اند. ولی من فکر می‌کنم تو با دیگر شرقیها فرق داری. شخصیت و احساس تو متفاوت است. من این را هم در رفتار و صحبتهای تو دیده‌ام و هم در نامه‌ات یافته‌ام. خیلی دلم می‌خواست تو این جا بودی، می‌نشستیم و صحبت می‌کردیم. دیروز عصر با برادرم آلفرد به تماشای فیلم زیبایی آمـریکایی[3] ساخته سام میندز[4] نشسته بودم. تمام لحظه‌ها آرزو داشتم تو بودی و کنار تو به تماشای آن می‌نشستیم. اگر آن را ندیده‌ای. حتماً آن را ببین. من آن صحنه بیرون از اطاق را که از پنجره دیده می‌شود. بسیار دوست دارم. باد کیسه پلاستیکی را بلند می‌کند و در هوا می‌چرخاند. این چرخش در آغوش باد را من تداعی اتفاق عشق وگردش آن برای تمام زندگی می‌دانم. این نامه تو هم مثل همان است. بیان اتفاق عشق و من ادل دختری فرانسوی به این فکر می‌کنم که چرا در این همه سال به هیچ مردی توجه نکردم، دلبسته کسی نشدم و ناگهان در یک جشن عروسی با تو آشنا شدم و دل به تو مردی شرقی سپردم. حقیقت را بخواهی این همان اتفاق عشق است. می‌دانی اولین بار که با هم روبرو شدیم و نگاه تو بر نگاهم افتاد، دلم لرزید یک احساس متفاوتی بر دلم نشست که تا آن زمان برایم آشنا نبود و به قدری بر من تأثیر گذاشت که بی‌اراده به طرفت آمدم. بعدکه هنگام شام کنار هم نشستیم و پی‌یر ما را به هم معرفی کرد. فهمیدم آن کسی هستی که می‌جستم.

نوشته بودی آدمها مثل درختند با عشق شکوفا می‌شوند. بله، درست می‌گویی با عشق شکفته می‌شوند چون عشق حقیقت زندگیست. اگر آن را از دست بدهند، دیگر

American Beauty [3]
Sam Mendes [4]

چیزی ندارند و هیچ وتمام می‌شوند.

ممنونم از این احساس خوب و عشق و محبتی که به من داری. باید بگویم من هم از لحظه‌ای که با تو آشنا شده‌ام احساس دیگر یافته‌ام. وهمه اش به تو و زندگی تازه‌ام فکر می‌کنم. اگر بپرسی چطور؟ نمی‌توانم شرح بدهم در این چند روز سعی کرده‌ام آن را برای خودم تجزیه و تحلیل کنم تا خوب بشناسم و برای همین دیر پاسخ نوشتم چون می‌خواستم احساسم را دقیق برایت شرح دهم و الان به یقین می‌گویم. تو آن مردی هستی که در زندگی می‌خواستم. عشق اگر یک اتفاق است. من هم می‌گویم و اعتراف می‌کنم که این اتفاق برای من هم افتاده و قلب مرا تسخیر کرده. قلب من مال توست و من از آن توام عزیزم اما در مورد ازدواج، اجازه بده باپدرم صحبت بکنم. فکر می‌کنم تو باید سفری به کلرمونت فران داشته باشی. باید بیایی و با پدر و برادرم آشنا شوی. منتظرم که بیایی و ببینمت.

یک چیز دیگر، می‌دانی همیشه دوست داشتم از یک کسی نامه‌ای داشته باشم. وقتی پدرم از نامه نگاری عاشقانه خودش و مادرم می‌گفت و یا در رمانها می‌خواندم. همیشه فکر می‌کردم نامه داشتن از یک دوست چطور است؟ ممنونم که نوشتی. حقیقتش را بخواهی من هم نمی‌توانستم پشت تلفن به این راحتی حرف دلم را برایت بزنم. ولی فکر می‌کنم من و تو در پاریس به همدیگرگفته بودیم، اما، نه به این صراحت. منتظر تلفنت هستم عزیزم. می‌خواهم صدایت را بشنوم. البته من هم زنگ خواهم زد اما منتظر می‌مانم که نامه‌ام بدستت برسد بعد، لطفاً اگر خواستی باز هم برایم نامه بنویس. خوشحال می‌شوم که باز از تو نامه داشته باشم. دوستت دارم با

تمام قلبم.

ادل تو

نامه‌ات را که خواندم از خوشحالی نمی‌دانستم که چه بکنم. نتوانستم در آپارتمانم بند شوم. بیرون آمدم در لذت عشق و شوق این که کسی را دارم که دوستش دارم و دوستم دارد. کیف می‌کردم اما یک چیز اذیتم می‌کرد. تو درست می‌گفتی، ما از همان آشنایی و بخصوص در دیدار و گفتگویمان در کافه احساس و تمایلمان را بهم دیگر گفته و آشکار کرده بودیم. پس این نوشتن و دلتنگی من از از چه بود؟ فهمیدم از شدت عشق و حیرت من بود. برگشتم و برایت در نامه کوتاهی نوشتم. که با تمام وجودم دوستت دارم و نوشتن نامه برای بیان احساسم از شدت عشق و دلتنگی من است. سعی می‌کنم که در تعطیلات کریسمس به کلرمونت فران بیایم. البته اگر شما به مسافرت نخواهید رفت؟

و صبح روز بعد قصد داشتم که به تو زنگ بزنم که تو زنگ زدی و چه شیرین بود صحبت و شوخی‌های تو. اگر دوست داشتن را خداوند برای ستایش آفریده. من می‌گویم دوست داشتن من ستایش توست با تمام قلبم.

اسماعیل یورد شاهیان *

۱۲

ساعت حرکت فرا می‌رسد. دختر جوان بلند می‌شود و می‌گوید باید سوار شویم. بلند

می‌شوم اما با کندی کیف و چمدانمهایمان را بر می‌داریم و به طرف قطار برای سوار

شدن راه می‌افتیم. اکثر مسافران شتاب دارند. وقت کم است. قطار سر وقت حرکت

می‌کند. جلو در هر یک از واگنها برای سوارشدن گروهی ایستاده‌اند که به نوبت

سوار شوند. دختر جوان که چند قدم از من جلوتراست. وقتی تعلل و کندی و متفکر

بودن مرا می‌بیند. در حالیکه با یک دست کیفش را که از شانه‌اش آویخته گرفته و

با دست دیگر چمدان سرخرنگ بزرگ و سنگینش را دنبال خودش می‌کشد.

برمی‌گردد و با خوشرویی می‌گوید:

-    می‌خواهید کمکتان کنم.

-    نه، متشکرم. چمدانم چندان سنگین نیست، می‌توانم خودم حمل کنم.

در صورتی که چنین نیست. خیلی هم سنگین است. کلی کتاب توش چپانده‌ام. آخرین نوشته‌های تو را که با کمک همکاران و دوستانت در دانشگاه لیون با نام (او مثل آب بود) تنظیم و چاپ کرده ایم.. می‌برم که به دست دوستان و همکاران گروه تحقیقت در کپنهاک برسانم و در شب یاد بود و بزرگ داشتت شرکت کنم. کمی بر سرعت قدمهایم می‌افزایم. سه روز دیگر در دانشگاه کپنهاک در مراسم یاد بود و بزرگ داشت تو شرکت و سخنرانی خواهم کرد. باید خودم را آماده و سرحال نگهدارم و از دغدغه و اضطرابم بکاهم. به دخترجوان می‌رسم و هم پای او قدم بر می‌دارم. می‌پرسم:

-    گفتید، نیمه شب، دوساعتی توقف دارد؟

می‌گوید:

-    بله؟

-    کجا؟

-    در اوسنابروک

-    پس حسابی خسته خواهیم شد.

-    نه می‌خوابیم، حرف می‌زنیم. من سفر با این قطارها را که ارزانند و کند می‌روند دوست دارم. چون وقت کافی برای فکر کردن دارم.

- برای فکر کردن؟

- بله.

- مگر چه کار می‌کنید که وقت فکر کردن ندارید؟

- من دانشجو هستم اما برای تامین مخارج دانشگاه و زندگیم باید کار بکنم. گاه حتی وقت برای خواب کافی هم ندارم.

- کجا کار می‌کنید؟

- در رستوران، البته امسال شانس آوردم. به سفارش دوست و همکلاسیم شارلوت در رستوران برادرش در بروکسل کار پیدا کردم. دستمزدش زیاد نبود اما جای خواب داشت و من توانستم بعضی وقتها بروکسل را خوب بگردم. البته زیاد خرج نکردم. در رستوران خوردم وخوابیدم و پولهایم را هم جمع کردم. الان هم برمی‌گردم کپنهاک به دانشگاه باید به تحصیلم ادامه بدهم.

- چه خوب پس کلی پس انداز کرده ای؟

- نه زیاد. اما برای یک سال با کمک هزینه دانشگاه کافیه. مگر چقدر خرج دارم. می‌توانم تا سال آینده با کمک هزینه دانشگاه خودم رو اداره کنم. اما خوشحالم که به بروکسل رفتم. تجربه خوبی بود. گفته‌ام که تابستان آینده هم برمی‌گردم و برایشان کار می‌کنم. ازم خیلی راضی بودند.

- باید هم راضی باشند. شما دختر با هوش و مهربانی هستید.

- متشکرم آقا.

- کپنهاک باید شهر زیبایی باشه. خانم من یک بار که سفر کرده بود خیلی

تعریفش را می‌کرد.

- بله شهر زیباییه. باید خوب بگردید.

- بله! حتماً خواهم گشت. اما اول باید بدیدن دوستان خانمم در دانشگاه کپنهاک

بروم.

- در دانشگاه؟

- بله.

- اگر خواستید من کمکتان می‌کنم.

- ممنون می‌شوم.

- ببخشید من هنوز اسمش شما را نمی دانم؟

- اورلیکا هستم. آقا، دانشجوی هنر.

- اورلیکا؟

- بله.

- چه اسم زیبایی. مثل خودتان زیباست.

- ممنونم.

- اسم من نادره. من آرشیتکت هستم. در لیون زندگی می‌کنم.

- نادر؟

- بله نادر درودیان.

- خیلی خوشوقتم.

سوار واگن پنج می‌شویم. انبار یا بهتر بگویم محل گذاشتن چمدانها پرشده. مسافرانی

که قبل از ما سوار شده اند. چمدانهایشان را گذاشته اند و محل چمدانها را پر کرده‌اند. ناگزیر چمدانهایمان را همراه خود به کابین می‌بریم. کوپه‌ی شماره سه خلوت و خالیست. هنوز مسافران دیگر نیامده اند. دختر جوان کیفش را روی صندلی می‌گذارد و چمدانش را بلند می‌کند که در بالای صندلی در محل قرار دادن کیف وچمدانها بگذارد. اما چمدانش خیلی سنگین است. کمکش می‌کنم و چمدانش را که فکر می‌کنم تمام وسائل زندگیش را در آن گذاشته در بالای صندلی در محل چمدانها قرار می‌دهیم و اوهم کمک می‌کند که چمدان مرا کنار چمدان او بگذاریم بعد کنار هم می‌نشینیم. در این لحظه مرد آلمانی میانسالی وارد می‌شود نگاهی به بلیط و شماره کابین و صندلی می‌کند و بعد می‌رود در صندلی شماره ۴ روبروی اورلیکا می نشیند. مرد آلمانی کمی کوتاه قد اما چاق با موهای بور قرمز وصورتی گرد و لپهای برجسته و چشمانی ریز است. سیبلی کوتاه دارد که بخوبی کوتاه شده به حدی که خط لب بالایش از حدود و مرز سبیل مشخص است. کت وشلواری قهوه‌ای به تن دارد وگره کراوتش را برای راحتی کمی شل کرده. بسیار متفکر و پر مشغله به نظر می‌رسد. انگار مدیریست که باید برنامه‌هایش را ردیف کند. با تکان سر و لبخند به من و اورلیکا سلام می‌دهد و بعد کتش را در می‌آورد و از بالای سرش نزدیک پنجره واگن از قلاب مخصوص رخت می‌آویزد و می‌نشیند. لب‌تابش را با دفترچه یادداشتش همراه با بطری آب پرتغال از کیفش که پائین کنار پایش گذاشته در می‌آورد. لب‌تابش را روشن می‌کند ومشغول می‌شود. انگار برنامه کارش را می‌داند و یا این که مدت و طول سفرش کوتاه است. شاید دراولین شهر آلمانی اوسنابروک پیاده خواهد

شد و شاید هم در هانوفر و یا هامبورگ. اورلیکا وقتی لب‌تاب و دفتر و دستک مرد آلمانی را می‌بیند. به تبعیت از او دست به کیفش می‌برد. آب میوه و کتاب نسبتاً قطوری را در می‌آورد. عنوان کتاب (هنر در همگرای جهانی[5]){ } است. نمی توانم نام نویسنده اش را بخوانم. زیاد هم دقت نمی کنم چون این کار خوبی نیست. شاید همسفر زیبای من چون اکثر مردم از این کار خوشش نیاید اما برایم بسیار جالب وکمی   حیرت   آور   است.

دختر جوانی در آن سن و سال چنان کتابی را با چنان موضوع قلسفی می خواند. در دل فهم و فکر و علاقه اورا تحسین می کنم. اورلیکا که انگار متوجه نگاه و فکر من شده با همان خوشرویی می گوید.

- این کتاب را تازه گرفته ام. کتاب تحلیلی خوبیست از هنر و قدرت آن در همگرایی می گوید

صحبتش از هنر عین تعریف و تحلیل توست. تو هم از هنر چنین تحلیلی داشتی. پاسخش را با یک جمله کوتاه بله و لبخند می‌دهم. من هم کیفم را باز می‌کنم و دفترچه یاداشتهای تو را در می‌آورم و مشغول مطالعه می‌شوم.کمی که می‌گذرد. یک زن جوان افغان با دو دختر کوچکش که یکی سه و یا چهارساله و دیگری هفت و یا هشت ساله است. وارد می‌شوند وکنار مرد آلمانی می‌نشینند. بچه‌ها آرامند و نگاه خسته و غربت زده‌ای دارند. نگاه و رفتار زن جوان هم خسته و مملو از ترس و نگرانیست. نگاهی به من و اورلیکا و مرد آلمانی می‌اندازد و بعد مشغول جابجا

Art in global convergence[5]

کردن کیف و ساک مسافرتیش می‌شود. وسائلشان کم است دو ساک بزرگ مسافرتی ویک کیف کوچک که حاوی آب و نوشابه و موادغذایی ست و روی زانوی دختر بزرگش قرار داده. مرتب به بچه‌هایش سفارش می‌کند که آرام باشند. می‌فهمم که خیلی خسته‌اند و سعی می‌کنند آرام و ساکت باشند. خم می‌شود که دوساک بزرگش را از جلو پای ما که محیط را تنگ کرده و مانع دراز کردن پای ما شده بردارد. می‌گویم:

- می‌خواهید کمکتان کنم.

برقی از شادی و امید در چهره و نگاه زن جوان از شنیدن جمله من می‌دود. با خوشحالی می‌گوید:

- شما زبان ما را بلدید. شما ایرانی هستید؟

- بله.

بلند می‌شوم و هر دوساک مسافرتیش را که چندان هم سنگین نیستند و فکر می‌کنم بیشتر لباسها و وسائل اولیه‌شان را در آنها قرارداده‌اند. بالا سرشان در جای مخصوص کیف و چمدانها قرار می‌دهم. زن جوان که از حضور من درکابین به وجد آمده و امید تازه ای یافته، می‌پرسد:

- شما کجا می‌روید؟ تا آخر این قطار هستید؟

- بله. من به کپنهاک می‌روم.

در این لحظه مرد جوان لاغر اندمی با چهره استخوانی که به نظر می‌آید آفریقایی باشد. وارد می‌شود و کنار من می‌نشیند. جز موبایل و کیف کوچکی که از شانه‌اش

آویخته وسیله‌ی دیگری ندارد. تا می‌نشیند موبایلش را روشن می‌کند و هد آن را در گوشهایش مرتب می‌کند. سرش را به دیواره کشویی کابین می‌چسباند و چشم به راهرو باریک می‌دوزد. صدای ریز موسیقی جاز از هدفنش بگوش می‌رسد. با لرزشی چون سر خوردن، قطار شروع به حرکت می‌کند. به ساعتم نگاه می‌کنم. هفت و سی دقیقه شامگاه است. خورشید در دامنه آسمان آمستردام بر روی بامهای سرخ رنگ و کشتیها و قایقها و مزارع سبز و پراز رنگ می‌تابد. آمستردام را با وجود هوای خاکستری نمناکش دوست دارم. مردم مهربانش به همه چیز می‌ارزند. آیا بار دیگر به آمستردام باز خواهم گشت. آلفرد و زنش آنا خواسته‌اند که هر چند وقت بدیدارشان بیایم. اما آیا فرصت خواهد بود و زندگی این فرصت را دوباره به من خواهد داد. اگر فرصت هم کنم. بی تو چگونه باز بدیدار برادرت بروم. این بار بهانه تابلوی مادرت بود. دفعه بعد چی؟ غرق در چنین فکری نگاهم به چند جمله از یادداشتهای تو می افتد:

«ما امروز دردنیایی مرتبط زندگی می‌کنیم که در آن تمام پدیده‌های بیولوژیکی، روانشناختی، اجتماعی و محیطی به هم وابسته اند. برای توصیف این دنیا ما به نگرش بوم شناختی نیاز داریم که دیدگاه دکارتی آن را عرضه نمی کند.»

از کتاب برنامه ریزی آموزشی در عصر پست مدرن — پاتریک اسلاتر

و تو با مداد در زیر آن نوشته ای.

«بیشتر از همه چیز ما به شناخت هم و دنیایی که ساخته‌ایم نیاز داریم تا این فاصله‌ها از بین بروند.»

غرق در عقیده اسلاتر و نوشته تو چشم به زن جوان افغان می‌دوزم که با بچه‌هایش مشغول گفتگوست. نگاهم را برمی‌گردانم. مرد آلمانی و اورلیکا هم مشغول مطالعه‌اند و جوان آفریقایی زل زده به راهرو در حالی که گوش به موسیقی دارد. صدای مسئول قطار می‌آید که برنامه حرکت قطار و مسیر آن را اعلام می‌کند و همانطور که دختر زیبا اورلیکا گفته بود. نیمه شب در اوسنابروک دو ساعتی توقف خواهد داشت اما دلیلش را نمی‌گوید. متن ضبط شده است. نخست به هلندی وبعد به آلمانی و بعد به انگلیسی پخش می شود. اورلیکا که متوجه حساسیت ودقت من شده آرام می‌گوید:

-   درسته، دوساعتی در اوسنابروک توقف خواهد داشت.

نگاهی به چهره شاداب او می‌اندازم و می‌پرسم:

-   تو زبان هلندی بلدی اورلیکا؟

می‌گوید:

-   نه، اما آلمانی و انگلیسی و فرانسه و روسی و دانمارکی بلدم و کمی هم فارسی مثل (اوه چطوری؟ حالش شما خوبه؟)

آرام می‌خندد. زن جوان افغان که متوجه صحبت من با اورلیکا شده. متعجب از کلمات فارسی که اورلیکا با لهجه غلیظ و خاصی ادا می‌کند. با تبسم چشم به دهان من و او دوخته. در ذهن او را با اورلیکا که هم سن وشاید هم کم سن تر از اوست مقایسه می‌کنم و در حین همین مقایسه از اورلیکا می‌پرسم. زبان روسی را چطور یاد گرفته ای.؟

با همان تبسم وچهره بشاش می‌گوید:

- در ویلینیوس لیتوانی. من اهل لیتوانی هستیم. من در ویلینیوس پایتخت لیتوانی بدنیا آمده‌ام. در مدارس لیتوانی علاوه بر روسی که اجباریست دو زبان دیگر یاد می‌دهندکه من انگلیسی و فرانسه را انتخاب کردم. در تحولات ۱۹۹۱ می‌دانید که لیتوانی و لیتونی و اوستونی .. سه کشوری بودند که فورا از روسیه جدا شدند. پدرم می‌گوید از اول هم با روسیه جور نبوده‌اند. در همان سالها که اوضاع چندان آرام نبود خانواده ما به دانمارک مهاجرت کرد.

- پس پدر و مادرت درکپنهاک هستند؟

- نه آنها تا مدتی که من و برادرم دبیرستان را تمام کنیم و وارد دانشگاه شویم، بودند. بعد برگشتند. پدرم نمی‌توانست در دانمارک کارکند. همیشه احساس غربت می‌کرد. خیلی دوست داشتند که من و برادرم همراه آنها برگردیم. اما ما نرفتیم و در دانمارک ماندیم. برادرم به کشتی وکشتیرانی علاقه داشت، رفت در کالج ملوانی تحصیل کرد و حالا در یک کشتی باربری کار می‌کند. خیلی از کارش راضی ست. همیشه میان کشورهای دنیا در سفر است و من مشغول درس شدم.

- چه خوب. دوست نداری به لیتوانی برگردی؟

- نه نمی‌توانم آنجا بمانم. بعد از برگشتن پدر و مادرم دوبار رفتم اما خوشم نیامد. البته اگر هم می‌خواستم نمی‌توانستم بمانم چون باید درسم را تمام کنم.

- بله باید تمام کنی.

- تمام کنم میروم به آمریکا.

- آمریکا!؟

- بله.

- برای چی؟

- می‌خواهم مدتی آنجا باشم و کار کنم و زندگی در آنجا را تجربه کنم.

- چه ایده و تصمیم خوبی.

- برای رفتن و کار کردن در آمریکا؟

- بله. البته منظورم رفتن و تجربه کردن است. فکر می‌کنم. یعنی معتقدم کار درستی می‌کنی. آدم یک جا بماند. افسرده و گرفتار تنبلی میشود. باید رفت و دید.

- بله، برای مدتی خوبه، من قصد دارم بعد از این که تحصیلاتم را تمام کردم، کشور محل زندگیم را انتخاب کنم. برای همین می‌خواهم مدتی سفر کنم و در کشورهای مختلف زندگی و کار کردن را تجربه کنم، بعد انتخاب کنم که کجا می‌خواهم بمانم. بعد از آن دیگر به فکر زندگی و ازدواج و تشکیل خانواده خواهم بود .

انتخاب کلمه ایست که برای بسیاری چون زن جوان افغان و یا مرد افریقایی معنی ندارد و ممکن نیست. می‌اندیشم فرق آنها با اورلیکا در چیست؟ اورلیکا انتخاب می‌کند. اما برای آنها انتخاب می‌کنند. به کتابی که اورلیکا می‌خواند و آشنایی او به چند زبان در آن سن و وجود پر از انرژی و شادابش که جهان تازه‌ای می‌خواهد به

بیافریند. می‌اندیشم. و با تأکید به اورلیکا می‌گویم:

- من مطمئنم که موفق خواهی شد.

- معلوم نیست. اما سعی ام را می‌کنم.

- موفق می‌شوی، مطمئن باش.

اورلیکا لبخند می‌زند و من نگاهم را از پنجره به چراغهای روشن ایستگاه اوسنابروک می‌دوزم که تازه وارد آن جا شده‌ایم وقطار در حال توقف است و من هم چنان در ذهنم مشغول مقایسه اورلیکا با زن افغان وهزاران دختر و پسر جوان جهان سومی هستم. یاد حرفهای تو و تمام فکر و ذکر تو می‌افتم.که چقدر به این مسائل و تفاوتها توجه داشتی و چقدر در غم انسانهایی بودی که ناگزیر به پناهندگی شده بودند و مدام از جهان حاکم، جهان مسلط و جهان سلطه و جهان مغلوب و غافل صحبت می‌کردی و ازشدت این همه شکاف و تضاد و برده‌داری مدرن که بیشتر بازوی قدرتمند می‌خواهند نه تحصیلکرده و دانا با مغز و اندیشه روشن، خشمگین بودی.گاه که تحملت را از دست می‌دادی دق و دلی ات را سرمن خراب می‌کرد درآن لحظه‌ها بودکه می‌فهمیدم به بن بست رسیده‌ای. می‌آمدی و روبرویم می‌ایستادی و می‌گفتی:

- تو چرا به این جا اومدی؟ این جا چه می‌کنی؟ چرا به مملکت خودت برنگشتی و نمی‌خواهی برگردی؟

بارها این سؤال را از من کرده بودی و جواب مرا می‌دانستی اما باز تکرار می‌کردی. انگار بدنبال کشف علت دیگری بودی و یا قصد داشتی خودت را مجاب بکنی و از بن

بست فکری که گرفتار شده بودی نجات دهی و من چون همیشه سکوت می‌کردم. چون شرایط من و علت ماندنم را می‌دانستی و آخرین بار یعنی چندذهفته پیش از سفرت که از مسائل روز و سیاست بعضی از دولتهای اروپا خشمگین و ناراحت بودی، باز از من پرسیدی و من جوابهای همیشگیم را دادم چون علت و هدف من از آمدن به فرانسه همین بود. وقتی حرفهای مرا شنیدی به اعتراض گفتی:

- بعد از تمام کردن تحصیلت چرا برنگشتی؟

- چرا برنگشتم؟

- بله.

- می‌خواستم اما نتوانستم.

- نتوانستی؟

- بله.

- چرا؟

- چون تو را یافتم.

- مرا؟

- بله. تورا که همه چیزم شدی و هستی.

وقتی جواب مرا شنیدی چند لحظه‌ای ساکت شدی و بعد شرمگین از رفتار و سؤالهایت در حالی که به اطاقت می‌رفتی آرام گفتی. اگر بخواهی من هم با تو می‌آیم. البته اگر آنجا اجازه بدهند کار کنم.

- معلوم نیست و شاید هم نتوانی آن جا بمانی. ممکنه من هم کار پیدا نکنم. کار

درکشور من زیاد نیست. افراد تحصیلکرده وجوان تعداد شان زیاده و هر روز هم زیادتر میشه.

نگاهم کردی و دیگر پاسخ ندادی و رفتی وخودت را در آشپزخانه مشغول کردی. ساعت کمی به نیمه شب است. نگاه می‌کنم چیزی به بامداد نمانده قطار در ایستگاه اسنابورک می‌ایستد و مدیر قطار اعلام می‌کند که دو ساعت در آن جا توقف خواهد داشت. اورلیکا نگاهی به من می کند و می‌گوید:

- دو ساعت این جا هستیم، بهترین وقت خوابیدن بدون حرکت وتکان قطاره کتابش را در کیفش می‌گذارد. کمی در جایش وول می‌خورد سرش را به پشتی صندلی تکیه می‌دهد و چشمانش را می‌بندد. من هم کمی بعد به تبعیت از او سرم را به پشتی صندلی تکیه می‌دهم و چشمانم را می‌بندم. نمی‌فهمم زمان چطور می‌گذرد و قطار کی حرکت می‌کند. با سوت قطار در ایستگاه هانوفر چشم باز می‌کنم. کمی جا به جا می شوم اورلیکا نگاه خواب آلودش را با لبخند به من می‌دوزد. مرد آلمانی وسایلش را جمع کرده در حال پیاده شدن است. ساعت سه بامداد است. مرد آلمانی می‌رود. کمی بعد یک جوان آفریقایی تبار که به زبان فرانسه صحبت می‌کند و فکر می‌کنم از اهالی مراکش باشد به همراه دو دوست دیگرش می‌آید. جوان مراکشی کت و کیفش را می‌گذارد و با دوستانش که انگار در کابین دیگر ساکنند کنار پنجره راهرو به صحبت می‌ایستد. نگاهم را به آنها می‌دوزم و خاطره گذشته در ذهنم روشن می‌شود. یادم می‌آید دوسال پیش نزدیک ژانویه یک روز عصر که با هم نشسته قهوه

می‌نوشیدیم. تلفن زنگ زد و تو بعد از صحبت کوتاهی بلند شدی پالتوت را پوشیدی و کیف و سوئیچ ماشین را برداشتی و گفتی:

- آیلین بود از اداره مهاجرت خواست که بدیدنش برم.

- نگفت که برای چی باید بری؟

- چرا، گفت که مربوط به پناهجوهاست.

- پناهجوها!؟

- بله مثل این که یک عده پناهجوی عراقی و سوری آمده‌اند. نام و شماره تلفن من در جیب کت دو کودک سوری بوده.

- دو کودک سوری!؟

- بله.

- می‌خواهی همراهت بیام.

- نه، میرم وزود بر می‌گردم.

عصر برفی مه‌آلودی بود. از در که بیرون می‌رفتی تو فکر بودی و همین مرا نگران کرد. دلم می‌خواست همراهت بیام اما تو دوست نداشتی و هرگز هم نخواستی درکارهای تحقیقاتی و فعالیتهای نوع دوستی و اجتماعیت مرا دخالت و شرکت دهی و من هم وقتی تمایل تو را نمی‌دیدم زیاد اصرار نمی‌کردم. رفتی و دوساعت بعد همراه یک جوان مراکشی بنام فواد محمد و دو کودک سوری با دوکیسه بزرگ خریدهایی که برای آن دو کودک سوری کرده بودی آمدی. وارد خانه که شدی فواد و دو کودک سوری را که از اهالی حلب بودند به من معرفی کردی. فواد جثه ای

متوسط و صورتی گرد با ته ریشی نسبتاً بلند داشت و بسیار مؤدب و محجوب و سر

بزیر بود. مستقیم به صورت آدم نگاه نمی‌کرد. با من سلام علیک کرد. فرانسه را

بدون لهجه صحبت می‌کرد. معلوم بود که از مراکشیهای مقیم فرانسه است. فواد

بخاطر آشنایی و تسلطش به زبان عربی مترجم و رابط تو با آن دو کودک سوری بود.

آیلین او را بتو معرفی کرده بود. کودکان سوری یکی پسری هشت ساله بنام ابراهیم

بود و دیگر دختری یازده ساله بنام بلقیس. هردو لاغر و رنگ پریده بودند و ترس

زده و غریبانه نگاه می‌کردند در نگاهشان غربت و تنهایی چنان نشسته بود که

احساس می‌شد هرلحظه ممکن است های-های گریه شان بلند شود. تو با مهربانی

آنها را روی مبل نشاندی و به فواد گفتی که باید دست و روی این ها را بشوئیم و

لباس هایشان را عوض کنیم. فواد با بچه‌ها صحبت کرد و تو در حالیکه آنها را به

دستشویی می‌بردی از من خواستی که برای شام آنها و خودمان همبرگر و سیب زمینی

سرخ کرده سفارش بدهم با نوشابه که بچه‌ها خیلی دوست دارند و من زنگ زدم و

برای پنج نفر سفارش دادم. بعد از شستن دست روی بچه‌ها و شانه کردن مو و تعویض

لباسهایشان آنها مثل گل شکفته شدند. تو گفتی اینها خواهر و برادر نیستند. اهل یک

ده نزدیک حلب هستند. مادر و پدرانشان مرده‌اند. آنها را آشنایان و مردان

روستایشان خارج کرده‌اند و از ترکیه با یک کشتی همراه تعدادی از پناهجو به

فرانسه آمده‌اند. یکی از پناه جوهایی که در کمپ پناهنده‌های ترکیه با من آشنا شده

بود. همراه این بچه‌ها بوده. اسم مرا از روی کارت ویزیتم که به او داده بودم نوشته و

تو جیب اینها قرارداده بوده و پلیس مهاجرت در وارسی لباسهای اینها متوجه اسم و

آدرس من شده. آیلین از اداره مهاجرت که با من آشناست به همین خاطر زنگ زده بود. من هم رفتم و توضیح دادم و گفتم که نام ونشانی و کارت ویزیتم را هنگام سفر تحقیقی به ترکیه درکمپ پناهنده‌ها به چند نفر از پناهنده‌ها که درکمپ مسئولیتی داشتند داده‌ام و الان هم آماده کمک و همکاری هستم. گفتند اینها و دیگر پناهجوها تا روشن شدن وضعیت پناهندگیشان درکمپ موقت خواهند بود اما توصیه تورا در پرونده این دوکودک قرار می‌دهیم. تشکرکردم وگفتم حالا که توصیه مرا قبول کرده‌اید و اسم و آدرس من در جیب اینها پیدا شده، اجازه بدهید چند ساعتی اینها را به گردش و خرید ببرم و آنها اجازه دادند و فواد را به عنوان مترجم معرفی کردند که خیلی کمک کرد. بچه‌ها را در شهر گرداندیم به شهربازی بردیم آنجا فواد کمک کرد سوار ترن و چرخ فلک شدند. بعد به فروشگاه بردیم برایشان کفش و لباس و اسباب بازی و خیلی چیزهای دیگر گرفتیم. صحبت که تمام کردی خندیدی و نگاهت را تو صورت من دوختی و من خوش حال از این همه مهربانی تو گفتم کار خوبی کردی در آشپزخانه چون چهار عدد صندلی داشتیم. تو خواستی سرپا بایستی و غذا بخوری من گفتم بنشین و رفتم از بالکن نیمکت پلاستکی را که معمولاً برای برداشتن وسائل از قفسه‌های بالای آشپزخانه از آن استفاده می‌کنیم، آوردم وکنار تو نشستم اما بخاطر کوتاه بودن نیمکت فقط سر و شانه‌هایم از میز بالاتر ماند و کنار تو و بقیه مثل آدم کوتوله ها شدم و این باعث خنده بچه‌ها و همه شد و چقدر خندیدیم و با شادی و خنده دور میز کنار هم شام خوردیم. بچه‌ها اگرچه هنوز گرفتار شرم و احساس بیگانگی بودند اما شاد شده بودند و با میل و لذت بسیار

همبرگرشان را خوردند. بعد از شام تو کفش و پلیور و اورکتهایی راکه برایشان گرفته بودید، پوشاندی، کلاهشان را روی سرشان مرتب کردی و وسائل و اسباب بازی و شکلاتهایی را که خریده بودید در کیف هرکدامشان گذاشتی و به فواد سپردی و گفتی. تحویل شما. ممنونم که این همه کمک کردی. ببرید به مسئول کمپ تحویل بدهید. من هم به آیلین زنگ می‌زنم.

بعد بچه‌ها را بغل کردی و بوسیدی و تا دم در بدرقه‌شان کردی. وقتی آنها رفتند. کنار پنجره رفتی و دور شدنشان را تماشا کردی در حالی که اشک در چشمانت حلقه زده بود و مرتب زیر لب نجوا می‌کردی. چرا باید اینها یتیم و سرگردان می‌شدند اینها باید الان در خانه شان کنار پدر و مادرشان می‌بودند. آه خدای من این چه جهانیست که ما ساخته‌ایم؟ چه کسی این جنگ و این دشمنی را راه انداخت؟ کی پاسخ این همه ویرانی و سرگردانی وکشتار راخواهد داد؟ کی به این بچه‌ها خواهد گفت که پدر و مادرشان چرا، کجا و چگونه کشته شده اند؟

زیر لب همینطور زمزمه می‌کردی و آرام می‌گریستی و من آن لحظه دیدم که تو بار اندوه تمام جهان را به دل نشانده‌ای اما ای کاش فواد محمدها و عبدالصلاح ها که از بالکن باتاکلان به تو و خیلی های دیگر شلیک کردند. نجوای ناتمام تو را می‌شنیدند. نجوایی که زمزمه‌ای برای اندوه تمام جهان بود.

غرق در چنین افکار و مرور گذشته و یاد و خاطره تو نمی‌فهمم کی خوابم می‌گیرد و به خواب میروم. نزدیک سحر خواب می‌بینم که تو در کنارم نشسته‌ای و من سرم را به شانه تو نهاده‌ام که با تکان دست اورلیکا بیدار می‌شوم. می‌بینم سرم را به شانه او

تکیه داده‌ام. با شرمندگی پوزش می‌خواهم و در جایم مرتب می‌نشینم، اورلیکا با قیافه خواب آلود اما همچنان لبخند به لب می‌گوید:

-    مسئله‌ای نیست. بیدارتان کردم که بگویم به هامبورگ رسیده‌ایم.

از پنجره بیرون را نگاه می‌کنم هوا در حال روشن شدن است. قطار سرعتش را کم کرده و در حال واردشدن به ایستگاه است. ساعتم را نگاه می‌کنم. شش و پانزده دقیقه صبح است. تصمیم می‌گیرم اگر در هامبورگ توقف داشت. بیرون بروم و در هوای صبح قدم بزنم از اورلیکا می‌پرسم .

-    قطار چه مدتی این جا توقف دارد؟

می‌گوید:

-    نمی‌دانم، به ایستگاه که رسیدیم اعلام می کند.

-    می‌خواهم کمی قدم بزنم. قهوه‌ای بخورم. البته باید بلیط کپنهاک را هم تهیه کنم

-    من هم همینطور.

-    پس شما همراه من می آئید؟

-    بله!

کمی بعد قطار وارد ایستگاه می‌شود و اعلام می‌کند که یک ساعت برای تعویض کادر و پیاده و سوار شدن مسافرها در هامبورگ توقف دارد. خسته‌ام از این که می‌توانم از قطار پیاده شده و کمی در هوای آزاد قدم بزنم خوشحالم. پاهایم خواب رفته‌اند. کمی مالش و تکان می‌دهم و با دشواری و ناراحتی از جایم بلند می شوم. زن جوان افغان می‌پرسد:

- به کپنهاک رسیدیم باید پیاده شویم؟

- نه، در هامبورگ آلمان هستیم، قطار یک ساعت این جا توقف دارد بعد بطرف کپنهاک حرکت می‌کند، شما همین جا باشید. البته می‌توانید پیاده شده و در ایستگاه گردش و خرید کنید اما زیاد دور نروید. من میروم کمی قدم بزنم و برمی‌گردم.

هامبورگ را قبلاً دیده‌ام. بندر بزرگیست می‌توان گفت دومین شهر پر جمعیت آلمان است. شهر زیبایست. از بلندگوی ایستگاه قطار یکی از آثار بتهون پخش می‌شود. فکر می‌کنم سمفونی شماره پنج باشد البته مطمئن نیستم اما موسیقی ست که در آن صبح آرام بخش است در میدان ایستگاه قطار به طرف چپ می‌پیچم. اورلیکا که همراه من پیاده شده می‌پرسد کجا می‌روی؟

می‌گویم: می‌خواهم کمی قدم بزنم.

لبخند می‌زند می‌فهمد که می‌خواهم تنها باشم، از مقابل کلیسا می‌گذرم. کمی بالاتر به کوچه باریکی می‌رسم که چند هتل کوچک قدیمی در آن جاست. توجهی به آنها ندارم. نگاهم به سنگ چین کف کوچه و ته سیگارهای فراوانی ست که مابین سنگها افتاده‌اند. خیلی زیادند. خاطرم است قبلا این چنین نبود. خیابانها و کوچه‌های هامبورگ پاک و تمیز بودند اما اکنون نه. با خود فکر می‌کنم. نسل جدید و مهاجرین و اوضاع اقتصادی دیگر مجالی برای حفظ تمیزی و زیبایی نمی‌دهد. به خیابان ساحلی می‌رسم. چراغ عابر پیاده که سبز می‌شود می‌گذرم و در ساحل که بیشتر انبوه درختان کاج و علفهای خودرو و طبیعی ست. کنار درختی می‌ایستم و

نگاهم را به آن سوی شهر به کشتیهای لنگر انداخته و قایقهای روی آب می‌دوزم . باد آرام و خنکی می‌وزد. کمی پائین‌تر. دو قوی سفید نزدیک ساحل مشغول شنا هستند. چه آرامش و پاکی در رفتار آنها ست. فکر می‌کنم آنها هرگز تنها نمی‌مانند. قدم زنان آرام در پیاده رو کنار ساحل به پائین می‌روم. رفت و آمد ماشینها زیاد شده، می‌فهمم که همه راهی اداره و محل کارشان هستند. از همان راهی که آمده بودم به میدان مقابل ایستگاه برمی‌گردم. اورلیکا مقابل در ایستگاه ایستاده کمی نگران من است و من از این حس و محبتش ممنونم. بخصوص از لحظه‌ای که شنیده چه بر سر زنم آمده نوعی دلسوزی و تسلی در رفتارش است. می‌پرسد می‌خواهید قهوه بخورید. می‌گویم بله اما نخست باید بلیط تهیه کنم از ماشینهای اتوماتیک صدور بلیط استفاده نمی‌کنم. به محل فروش بلیط می‌رویم. خیلی‌ها نشسته‌اند و منتظرند. شماره نوبت را می‌کشم. نفر بیست و پنج هستم. بیست دقیقه طول می‌کشد که باجه پنج شماره مرا می‌خواند. می‌روم در خواست بلیط می‌کنم. اصرارم همان شماره صندلی در همان کوپه است. خوشبختانه. مشکلی نیست و همان شماره صندلی خالیست. بلیط را می‌گیرم و همراه با اورلیکا به رستوران ایستگاه که پنجره هایش رو به خیابان است می‌رویم و قهوه با کیک سفارش می‌دهیم. اورلیکا می‌گوید تا کپنهاک نزدیک به چهار ساعت و شاید بیشتر در راه خواهیم بود. موبایلم زنگ می‌زند. دکتر اونیکا بری‌ست همکار تو در گروه تحقیق. او و دکتر اولسون به همراه چند تن دیگر از گروه تحقیقت مجلس یاد بود و بزرگداشت تو را برنامه ریزی کرده‌اند. دکتر بری می‌پرسد کجا هستم و کی وچه ساعتی به کپنهاک می‌رسم؟ بلیطم را نگاه می‌کنم

می‌گویم ساعت دوازده و چهل دقیقه. می‌گوید سفر امن وخوشی داشته باشی. به همراه دکتر اولسون در ایستگاه منتظرت خواهیم بود.

با اورلیکا از وضع دانشگاه‌ها و خواسته و امید به زندگی در میان دانشجوها صحبت می‌کنم. احساس می‌کنم برداشت و نظر من در خصوص مسائل جوانها چندان درست نیست. ذهن و زندگی وخواسته وکلا دنیای آنها با دنیا و خواسته و آمال من بسیار متفاوت است. به فکر فرو می‌روم. اور لیکا می‌پرسد. چرا تو فکرید؟

می‌گویم من هنوز ۳۱ سالمه اما احساس می‌کنم در مقابل شما و نسل جدید بسیار پیر و مسنم. چون دنیا و خواسته‌های شما نسل جدید را با فکر و احساس و دنیای خودم بسیار متفاوت می‌بینم.

اورلیکا لبخند می‌زند و می‌گوید:

- فکر نمی‌کنم این همه تفاوت و فاصله باشد. شاید شما خودتان خواسته‌اید. فکر می‌کنم بیشتر سرگرم کارتان بوده‌اید و اکنون عزادار خانمتان هستید. برای همین. علتش این می‌تونه باشه.

یاد صحبت و اعتراض تو می افتم که تابستان سال پیش وقتی از مسائل روز و خواسته وانتظارات جوانان و نسل امروز صحبت می‌کردیم. تو هم چنین فکر می‌کردی و نگران روحیه و سلامت من بودی با لحن معترضانه گفتی.

- نادر لازمه که این همه تو لاک خودت باشی!؟ ماهم جوانیم از همین نسلیم اما تو همه چیزت شده کار و من، کمی به فکر مسائل روز جهان باش به تفریح و سلامتیت برس.

بعد به تاکید ادامه دادی:

- از فردا برنامه زندگیمان عوض میشه، میریم استخر، به کلوب و سینما و خیلی چیزهای دیگه. من هم همراهت می‌آیم عزیزم اما فکر می‌کنم بعضی وقتها لازمه که تو تنها باشی.

تنها، تنها، اکنون بیش از هر زمان دیگر تنهایم. بااعلام وقت حرکت قطار سوار می‌شویم. زن جوان افغان که چشم به در کابی است با دیدن ما چهره نگرانش باز می‌شود. قطار حرکت می‌کند. نیم ساعت نرفته در بندری وارد کشتی می‌شود و می‌گویند یک ساعت تا ساحل بعدی در کشتی خواهیم بود. بهتره که از قطار پیاده شوید. همراه اورلیکا و زن جوان افغاننستانی و فرزندانش پیاده می‌شویم با آسانسور بالا می‌رویم. اورلیکا که این راه را بسیار رفته و با آن آشناست. می‌گوید. طبقه آخر کنار پنجره رو به دریا خیلی خوبه. به طبقه آخر می‌رویم و برای اورلیکا و زن جوان افغانستانی وبچه‌هایش، همبرگر و سیب زمینی سرخ کرده سفارش می‌دهم و برای خودم یک فنجان شکلات داغ. زن جوان افغان مطابق خوی شرقی و حجبی که دارد. مثل ما ایرانیها بسیار تعارفیست. تعارف می‌کند که میل ندارد. و یا اگر اجازه بدهید پولش را بپردازم. می‌گویم ما اگر از یک کشور نیستیم هم زبانیم. اجازه بدهید که مهمان من باشید. قبول می‌کند. آنها مشغول خوردن همبرگر وسیب زمینی سرخ کرده می‌شوند و من فنجان شکلات داغم را برمی‌دارم ومقابل پنجره می‌ایستم و چشم به بیرون می‌دوزم. به آبی افق دور دریا و موجهای سفیدش و پره‌های در گردش ده‌ها ترانس برق ساز از انرژی باد که میان دریا نصب شده‌اند. دریا مواج در شور است و

* نجوای ناتمام ادل

دل من همین طور.

۱۳

ساعت دوازده و چهل دقیقه ظهر روز یکشنبه است که قطار وارد ایستگاه کپنهاک می‌شود. اورلیکا خوشحال ست که سفرش تمام شده و به شهر وخانه‌اش برگشته. اگر چه چشمانش پف کرده و چهره اش خستگی و بی خوابی را نشان می‌دهد. باز لبخندش را با خوشرویی به لب دارد. زن جوان افغان که همراه ما پیاده می‌شود. بسیار خسته است اما خشنود و امیدوار می گوید:

-    خدا را هزاربارشکر که سفرمان روبه پایان است.

با تعجب می‌پرسم: مگر از کپنهاک می‌خواهید جای دیگر بروید.

-    بله اگر اجازه بفرمائید باید به استکهلم برویم.

* نجوای ناتمام ادل

- شما مقیم سوئد هستید.

- نه در استکهلم آشنا و سبب داریم. برادر شوهرم آن جاهستند.

- پس مقیم هلند هستید.

- نه ما مسافریم، هفت روز است که در راهیم.

- هفت روزه که در راهید!؟

- بله.

- برای چی!؟

- اوضاع افغانستان خوب نیست. آینده‌ای هم پیدا نیست. برادرشوهرم در استکهلم هستند. آنها شخصی را یافتند که من و بچه‌ها را به استکهلم ببرد. پول زیادی از ما گرفتند.

- پس از افغانستان چطور به استکهلم نرفتید و به آمستردام آمدید؟

- نمی‌دانم، داستانش طولانیست.

- چطور؟

- ما که قصد غربت کردیم. بسیار سختی دیدیم آقا. دشواری و ملال بسیار بود. اول با گروهی از افغانستان به ایران آمدیم .یک روز در ایران در تهران بودیم. بعد ما را آوردند به آنتالیای ترکیه و از آن جا شبانه با اتوبوس ما را به بندر کوچکی در نزدیک ازمیر بردند. یک شب و روز آن جا بودیم. شامگاه روز بعد ما را با قایق آوردند به یونان و نیمه شب در یک ساحل دوری پیاده مان کردند، گفتند بروید و ما پیاده راه افتادیم تا به اولین آبادی برسیم، پنج ساعت پیاده آمدیم. خدا

را شکر پلیس متوجه ما نشد و شاید هم متوجه شد اما نخواست اقدام بکند به اولین شهری که رسیدیم یکی از آدمهای آن شخص بر قاچاقی منتظر ما بود. آمد، ما را برد و در یک خانه‌ای ساکن کرد دو روز در آن جا بودیم. روز سوم آمد و مرا خواست و گفت که چه میزان پول همراه داری. نشانش دادم و گفتم هفت هزار یورو. سه هزار یورو را گرفت و رفت با سه بلیط هواپیما آمد و گفت میرویم به آمستردام. همراه او آمدیم وصبح به آمستردام رسیدیم. آن جا بلیط قطار کپنهاک گرفت و حالا ما می‌خواهیم برویم به استکهلم.

- چرا بلیط هواپیما به استکهلم را نگرفت و شما را این همه سرگردان و اذیت کرده.

- نمی‌دانم. انگار یک گروهند. نمی‌خواهند نامی‌شوند و لو بروند. به من هم سفارش کرده‌اند که بگویم کسی ما را نیاورده خودمان آمده‌ایم.

- پس الان در استکهلم منتظر شما هستند.

- بله.

- می‌خواهید زنگ بزنید؟

- نه نیاز نیست. می‌دانند که امروز عصر به استکهلم می‌رسیم. آن آدمی که ما را آورده خودش اطلاع داده.

- بلیط استکهلم را دارید.

در حالی که کیف پولش را باز می‌کند و اسکناسهای صد یورویی را در می‌آورد می‌گوید:

-   نه ما بلیط استکهلم را نداریم. می‌خواستم اگر لطف بفرمائید برای من و بچه‌ها بلیط تهیه فرمائید.

موضوع تهیه بلیط را به اورلیکا که کنار ما منتظر ایستاده می‌گویم و با راهنمایی و همراهی او به طرف دفتر فروش بلیط قطار می‌رویم. اورلیکا سن بچه‌های زن جوان افغان را می‌پرسد. زن جوان افغان در حالیکه اسکناسهای صد یورویی را از کیفش در می‌آورد و به اورلیکا می‌دهد سن بچه‌هایش را می‌گوید. سه و هفت ساله اورلیکا سن بچه‌ها را به فروشنده بلیط می‌گوید و سه بلیط قطار برای استکهلم می‌گیرد که ساعت دو نیم بعد از ظهر حرکت خواهد کرد. زن جوان افغان را همراه با بچه‌هایش را به سکویی که سوار قطار خواهند شد می‌بریم. هنگام خداحافظی او بسیار تشکر می‌کند و بعد می‌پرسد ببخشید من اصلا اسم شما را ندانستم؟

می‌گویم من نادر هستم نادر درودیان آرشیتکتم در لیون فرانسه زندگی می‌کنم و ایشان همسفر ما اورلیکاست. دختر بسیارمهربانیست و به من خیلی کمک کرده. اورلیکا می‌خندد. نمی‌دانم متوجه است که من به زن جوان افغان در خصوص او چه گفته‌ام. اما احساس می‌کنم فهمیده که او را معرفی کرده‌ام. زن جوان افعان می‌گوید. الهی که سعادتمند باشید. من هم تهمینه هستم آقای نادر. خیلی از لطف و محبت شما ممنونم. امیدوارم هرگز دلزار نباشید. روزتان خوش. خداحافظ.

-   خداحافظ.

دستی به سر و شانه بچه‌های زن افغان می‌کشم و همراه با اورلیکا بر می‌گردم. اورلیکا می‌پرسد: کجا قرار بود منتظر شما باشند. می‌گویم: -- در شرقی سالن

ایستگاه.

اورلیکا سمت در شرقی را نشانم می‌دهد و به آن سمت می‌رویم. دکتر اونیکابری و دکتر اولسون نزدیک در شرقی منتظرند. مرا همراه اورلیکا از دور که می‌بینند دست تکان می‌دهند. به طرف آنها می‌روم. اولین بار است که آنها را از نزدیک می‌بینم. دست می‌دهیم و آنها ضمن تأسف از درگذشت تو. ابراز خوشحالی می‌کنند که به کپنهاک آمده‌ام. اورلیکا بعد از صحبتی کوتاه شماره موبایلش را می‌دهد و می‌گوید که اگر کاری داشتید زنگ بزنید. خداحافظی می‌کند و می‌رود و من همراه با دکتر اولسون و دکتر بری به هتل مرکوری محل اقامتم در نزدیک دانشگاه می‌روم. احتیاج به استراحت دارم. خاطرم است که تو یک بار با قطار که به کپنهاک آمده بودی می‌گفتی به کپنهاک که رسیدم از خستگی نای ایستادن را نداشتم. به هتل رفتم و دوش گرفتم و تا فردای آن روز خوابیدم و موقع برگشتن هم از خیر قطار گذشته و با هواپیما به ژنو آمده بودی. اکنون من چنان حالی دارم. با دکتر اولسون کمی تا اطاقم مشخص و کیف و چمدانم به آن جا حمل شود در سرسرای هتل صحبت می‌کنم. می‌گویم که آخرین یاداشتهای تو را آورده‌ام. قرار می‌گذاریم که فردا اول صبح بیایند و برای تکثیر ببرند. مجلس یاد بود بعد از ظهر روز چهارشنبه برگزار خواهد شد و سه روز وقت برای گردش و آشنایی با کپنهاک را دارم. آنها خدا حافظی می‌کنند و می‌روند و من به اطاقم در هتل می‌روم به یک دوش گرم و خوابی طولانی احتیاج دارم.

۱۴

زمان چیست؟ چرا انسان این همه اسیر زمان است. آیا هستی و نیستی ما بدست زمان است و در زمان شکل می‌گیرد و یا زمان بازتاب و انعکاس بودن ماست؟ اگر چنین است ای کاش می‌شد یک لحظه، یک لحظه زمان را متوقف کرد. به گذشته برگرداند وجلو هر حادثه و اتفاق و هر آن چه را که می‌شد گرفت.

تو فقط یک بار به کپنهاک سفر کردی آن هم بخاطر دیدار وگفتگو با همکاران پژوهشگرت در دانشگاه کپنهاک برای تنظیم و نهایی نمودن برنامه پروژه طرح

مطالعاتیست. وقتی برگشتی از کپنهاک بسیار تعریف کردی. برخلاف همیشه که ایده ونظرت را در مورد هرچیز خیلی کوتاه و چکیده در یک کلمه و یا جمله می‌گفتی. این بار شرح مفصلی از دیدنیهای کپنهاک و وضع آن کردی وگفتی شهر آرام و زیبائیست. مردم دانا و صبوری دارد. اگر حوصله داشته باشی و بگردی، دیدنی بسیار خواهی دید.

و من در این سه روز که در کپنهاک بودم. شهر را با یاد توگشته‌ام. به هر جا و مکان وگوشه‌ای که تو رفته بودی. رفته‌ام و اکنون در این بعدازظهر در سرسرای هتل نشسته‌ام و منتظر برادرت آلفرد هستم. او امروز صبح رسیده و عصر برخواهدگشت. ساعتی دیگر مجلس یاد بود و بزرگداشت تو برگزار می‌شود. آلفرد و من قرار است از تو بگوییم. برنامه طوری تنظیم شده که من آخرین سخنران هستم. دلم گرفته نمی‌دانم آن جا وقتی پشت تریبون می‌روم، چه باید بگویم. اگر بتوانم، خواهم‌گفت: با تو آغاز و به پایان رسیده‌ام.

چه کسی گفته عشق آغاز و نهایت همه چیز است؟ نه من چنین اعتقادی ندارم. عشق پایان همه چیز است. من با تو و عشق تو همه چیز را یافتم و اکنون دیگر بی نیاز از هرچه و همه چیز شده‌ام. دلم، سینه‌ام پر از یاد و نام توست در این مدت هرجا رفتم، هر دوست و آشنایی که مرا دید. ازحادثه‌ی بتکلان وکشته شدن تو تأسف خورد و برای من متاسف شده که تنها شده‌ام. بی‌آن که بدانند. من تنها نیستم، هیچ وقت تنها نبوده‌ام. تو همیشه با من بودی، هستی و من از عشق تو پرم. آه ادل،کسانی که با ذهن سیاهشان گلوله بر سینه و قلبت زدند؛ بی آن که تو را بشناسند. ای کاش تلفظ عشق

را از زبان تو در نجوای تو می‌شنیدند. تو مثل آینه بودی و من هر وقت مقابل تو می‌ایستادم. خودم را، ذهنم را بهتر می‌یافتم.

دلم می‌خواهد امروز هنگام صحبت از تو از آینه بگویم. چون آینه برای تو معنی و ارزش دیگری داشت. تو آینه را و تصویر در آن را حقیقت همه چیز می‌دانستی و دوست داشتی همیشه در آن بنگری و خودت را و اطرافت را ببینی. یک روز صبح که مقابل آینه ایستاده بودی، من از پشت سر دقیق نگاهت کردم. تصویر تو در آینه با تصویر اطراف انعکاسی دیگر داشت و ابدیتی را می‌نمود. مرا که پشت سرت دیدی برگشتی و لبخند زدی و پرسیدی چه می بینی؟

گفتم: تورا، فقط تو را و زیبائیت را.

خندیدی و گفتی فقط همین؟

گفتم: نه، علاوه بر این‌ها خوشبختی آینه را هم می‌بینم و راستش را بخواهی به آن حسادت می‌کنم. به نظر من از آینه از همه اشیا و وسائل این خانه خوشبخت‌تر است چون تو را دقیق می‌بیند و تصویر تو را دارد. تو هر روز چند بار مقابل آن می‌ایستی، آرایش می‌کنی، به صورت و چشمهایت دقیق می‌شوی، موهایت را درست می‌کنی و خودت را و لباست را برانداز می‌کنی و او در هر بار که تو را می‌بیند، تماشا می‌کند، تصویر تورا به جان می‌گیرد.

خندیدی و گفتی: فکر نمی‌کردم این هم حساس و حسود باشی.

گفتم: حساس نیستم اما حسودم.

گفتی: ببین درسته که آینه تصویر من و تو و همه را دارد اما فکر نمی‌کنم خوشبخت

باشد.

- چرا؟

- چون ناگزیر است حقیقت را بگوید.

- حقیقت چه چیز را؟

- حقیقت ما را، چهره حقیقی هر روز و هر لحظه ما را، گذر زمان را، یادت باشد آینه همیشه حقیقت را می‌گوید و گذر زمان ثبت می‌کند.

- گذر زمان را؟

- بله.

و من آن روز فهمیدم که چقدر دلتنگ از گذر زمان هستی. تو عین آینه بودی و حقیقت پنهان این جهان را، گذر زمان را یافته بودی.

غرق در چنین فکر و مرور خاطرات گذشته هستم که صدای آلفرد را می‌شنوم. سرم را بلند می‌کنم، می‌بینم کیف در دست مقابلم ایستاده. کت و شوار مشکی پوشیده و کروات مشکی زده. بخاطر برنامه درمانگاه و وقت و قرار قبلی با مریضهایش، فقط یکروز توانسته مرخصی بگیرد. صبح زود با هواپیما آمده و شامگاه برخواهدگشت. البته من هم شامگاه امروز بر می‌گردم اما نه با هواپیما، من با قطار برمی‌گردم. می‌پرسد:

- ماشین خواسته‌ای؟

متوجه سوالش نمی‌شوم و می‌پرسم:

- چی؟

- تاکسی خواسته‌ای ؟

- نه نیازی به تاکسی نیست. سالن کنفرانس دانشگاه نزدیک به اینجاست، وقت کافی داریم. پیاده، قدم زنان برویم بهتره از هتل خارج می‌شویم و به سمت دانشگاه راه می‌افتیم. می‌پرسد:

- تو چیزی نوشته و آماده کرده‌ای؟

- نه چیزی ننوشته‌ام. نیازی هم نبود.

- پس چه خواهی گفت؟

- از زندگیم با ادل خواهم گفت از آن چه که بود.

- از آن چه که بود؟

- بله.

- خوبه.

- تو چی؟ چیزی نوشته و آماده کرده‌ای؟

- یک چیزهایی نوشته‌ام اما مرددم، نمی‌دانم بخوانم یا نه.

- چرا مرددی چه نوشته‌ای؟

- یک چیزهایی که از ادل می‌دانستم و در خاطر داشتم از روحیه و شخصیتش نوشته‌ام از مهربانی و فهم و درک فوق العاده‌اش. می‌دانی، وقتی مادرم مرد با این که و هم خیلی کوچک بود. مثل مادر از من مراقبت کرد و مرا هرگز تنها نگذاشت.

بغضش می‌گیرد و صحبتش را قطع می‌کند. می‌گویم:

- اینها که خوبند. همین ها را که نوشته‌ای بخوان.

وارد دانشگاه می‌شویم و به در سالن کنفرانس که می‌رسیم. پوستر بزرگداشت تو را بر پانلی بزرگ نصب کرده‌اند. عکس زیبایی از تو در پشت میز با مدادی و ورقه کاغذی در دست که لبخند به لب از پنجره به بیرون به نور آفتاب تابیده برشاخه درختان و گلهای باغچه می‌نگری و تیتر نوشته‌ای که از عنوان کتابچه یاداشتهای تو اقتباس کرده‌اند، بر بالای آن است (او مثل آب بود). می‌دانم که نور برای تو چه معنا داشت و تو چرا شادی و لبخند به لب داری. چون تو واقعاً مثل آب بودی، صاف و بی رنگ و مهربان، نور وروشنی معنای فکر و فلسفه ذهن تو بودند. چند جلد از کتاب فلسفی و تحقیقیت با نام (پیوستگی فرهنگی مردم جهان) که دانشگاه کپنهاک منتشر کرده در پائین عکست روی میزکوچک چوبی دایره شکل است. سالن پراست از استادان و دانشجویان و جماعتی از شهروندان مختلف. ایرانی، ترک، افغانی، مراکشی، تونسی از هرکشور وملیتی. تعدادی از دانشجویان در کار اداره جلسه، راهنمایی دعوت شدگان و پخش بروشور برنامه یاد بود و بزرگداشت تو هستند. اورلیکا دختر جوان دانشجویی که همسفرمن بود. با دسته‌ای از بروشور در آستانه در سالن ایستاده و به هر کس که وارد می‌شود یک نسخه از آن را می‌دهد. من و آلفرد را که می‌بیند با همان چهره گشاد اما بسیار متأثر پیش می‌آید و با من احوال پرسی می‌کند و من آلفرد را به او و او را به آلفرد معرفی می‌کنم. از آشنایی با آلفرد اظهار خوشوقتی می‌کند و خطاب به من می‌گوید:

- آشنایی با شما باعث شد که من هم در برگزاری این مجلس همکاری کنم.

-   ممنونم که همکاری کرده‌اید.

-   باعث افتخاره. واقعا حیف شده. روحشان شاد در این چند روز کتاب و یادداشتهایشان را که خواندم. خیلی تأسف خوردم، حیف چه انسان و زن فوق العاده‌ای بوده‌اند.

-   بله، فوق العاده بودند و ممنونم که کتاب و یادداشتهایش را خوانده‌اید.

-   باید می‌خواندم. گاه خواندن یک نوع تکراره. خودتان این را گفتید.

-   من!؟

-   بله تو قطار وقتی که با هم صحبت می‌کردیم.

-   تکرار چی؟

-   تکرار یک ایده و یک فکر و یا خاطره.

-   اوه بله تکرار خاطره.

می‌خندد و رو به آلفرد می‌کند و می‌گوید.

-   شما امروز حتماً از خاطراتی خواهید گفت که از خواهرتان دارید.

آلفرد با کمی تعجب می‌گوید: بله!

لبخند می‌زند لبخندش شبیه لبخند توست و می‌گوید:

-   منتظر شنیدنش هستیم،

سری به احترام خم می‌کند و به طرف چند نفری که وارد سالن می‌شوند برمی‌گردد.

آلفرد شوکه و متعجب نگاهی به من می‌اندازد و می‌گوید:

-   چقدر شبیه ادل است. صدا و حرف زدنش هم مثل اوست. تو را می‌شناخت! تو

با او کجا آشنا شدی!؟

- در ایستگاه قطار آمستردام. او هم مثل من مسافر قطار آمستردام، کپنهاک بود. در قطار توی یک کوپه بودیم. با هم خیلی صحبت کردیم. دختر روشنفکر و با سوادیست.

حرفم را قطع می‌کنم و بر می‌گردم وبه پشت سر نگاه می‌کنم. اورلیکا کنار در ایستاده اما احساس می‌کنم بسیار دور ایستاده و محو و سایه وار دیده می‌شود. صدای دکتر اونیکا بری که به همراه دکتر الوسون به پیشواز من والفرد می‌آیند توجهم را برمی‌گرداند. به خوش آمد گویی آنها پاسخ می‌گوییم و همراه آنها می‌رویم و در صندلی که نشان می‌دهند می‌نشینیم. کمی بعد مجلس با نمایش فیلم مستندی از زندگی وفعالیتهای تو که یکی از دانشجویان تهیه کرده شروع می‌شود. فیلم شرح کاملی از زندگی و فعالیت و عقاید وفلسفه فکری توست بعد از نمایش فیلم دکتر اولسون بعنوان اولین سخنران پشت تریبون می‌روم از شخصیت و دانش و فکر تو و دلیل برگزاری مجلسی یاد بود می‌گوید و از خیلی چیزها که از تو آموخته است و یاد وخاطره تو را به عنوان همکار و محقق گرامی می دارد و آرزو می‌کند که چنان حوادثی دیگر روی ندهد. بعد از او دکتر اونیکا بری با نشان دادن فیلم وعکسهایی از خاطراتش با تو در هنگام سفر به ترکیه و سوریه وعراق، کتابها و مقاله و دیگر نوشته‌های تو را معرفی کرده از فعالیتهای بشر دوستانه تو مفصل صحبت می‌کند. سخنران سوم. برادرت آلفرد است با حال منقلب پشت تریبون می‌رود و با صدای گرفته و بغض آلود از کودکی و خاطراتش با تو می‌گوید از مهربانیت وکارهایی که

برای خوشحالی او انجام می‌دادی و حضار بسیار متأثر می‌شوند.

بعد از او نوبت به من می‌رسد. من که آخرین سخنران هستم. هنوز در بهت و حیرتم و نمی‌دانم چه باید بگویم. پشت تربیون که می‌رسم. لحظه‌ای ساکت می‌ایستم. دلم می‌لرزد. نگاهی به سالن می‌اندازم. سالن پر است وهمه ساکت و متاثر و مغموم چشم به من دوخته‌اند و منتظرند ببینند وبشنوند که بعنوان شوهر وشریک زندگی تو از تو چه می‌گویم. با صدای گرفته شروع به صحبت می‌کنم:

- خانمها وآقایان نخست می‌خواهم از همه شما، به ویژه از همکاران بانویم ادل، دکتر اولسون، دکتر بری و مسئولین محترم دانشگاه کپنهاک بخاطر برگزاری این مجلس یاد بود تشکر کنم از روزی که دکتر اولسون با من تماس گرفت و از تصمیم دانشگاه کپنهاک برای برگزاری مجلس یاد بود و برزگداشتی برای بانویم ادل گفت ودعوتم کرد که به کپنهاک بیایم و در مجلس یاد بود او صحبت کنم. بسیار مایلم بودم بجای صحبت از افکار وعقاید ادل از خود او بگویم. از عشق بی نهایت او به هستی و رابطه او با اشیاء و عناصر طبیعت. از نور و باران بگویم که زیباترین عناصر طبیعت برای او بودند. و از آئین ماندایی و میترائیسم و وجوه نور و آب که در فلسفه فکری ادل به روشنی و آشکار شدن و تحلیل همه چیز می‌انجامید و در آخر از عشق بگویم، ازعشقی که بین من واو بود.

اما اکنون احساس می‌کنم که نمی‌توانم. چون از لحظه‌ای که این جا ایستاده‌ام خودم را از دست داده‌ام. احساس می‌کنم کسی که این جا ایستاده من نیستم، ادل است و این اوست که صحبت می‌کند نه من، چون ...

بغض گلویم را می‌گیرد و اشک به چشمم می‌آید. سعی می‌کنم احساسم را کنترل کنم. صحبتم را قطع می‌کنم سرم را پائین می‌اندازم و چند لحظه ساکت می‌شوم. بعد پوزش می‌خواهم و می‌گویم:

-   باور کنید آن چه که می‌گفتم و می‌گویم حقیقت است. او تمامیت عشق بود و اکنون در روح و جان من نشسته و من دیگر او شده‌ام و او اکنون این جا ایستاده و صحبت می‌کند و اگر بپرسید چگونه. باید بگویم که ...

بغضم می‌ترکد و اشکم سرازیر می‌شود. صحبتم قطع می‌کنم و باحال منقلب از پشت تریبون پائین می‌آیم در حالی که جمعیت برای همدلی بلند شده‌اند و ایستاده کف می‌زنند. دکتر اونیکا بری برای تسلی من پیش می‌آید و بغلم می‌کند. تشکر می‌کنم و همراه او می‌روم و در صندلیم می‌نشینم. مجلس با دعا و یک دقیقه سکوت به یاد تو تمام می‌شود و تعدادی از شرکت کنندگان در مجلس، می‌آیند اظهار تاسف می‌کنند، تسلی می‌دهند و می‌روند. مردمی که هرگز تو را ندیده‌اند و تو هرگز آنها ندیده بودی اما دوست وآشناترین کس آنها بودی. مردمی در رنگ و پوست و زبان و فرهنگ و ملیتهای مختلف.

با تمام شدن مراسم و خالی شدن سالن. با آلفرد از دوستان و همکاران تو دکتر اونیکابری و دکتر اولوسون تشکر و خداحافظی می‌کنیم و با بدرقه آنها به سمت در سالن راه می‌افتیم. هنگام خروج اورلیکا همان جا کنار در ایستاده، رنگ رخسار و نگاهش حالت دیگری دارد. مقابلش که می‌رسم. نمی‌توانم توی چشمهایش نگاه کنم. نگاهش، رنگ و حالت چشمهایش عین نگاه و رنگ وحالت چشمان توست. انگار

تو نگاهم می‌کنی. با لحن و صدایی که عین لحن و صدای توست و خش دلنشین و خاصی دارد می‌گوید:

- صحبتتان خیلی خوب بود.
- ممنونم ولی متأسفانه نشد. نتوانستم ادامه دهم.
- نه کافی بود. آن چه که می‌خواستید گفتید. خیلی تأثیرگذار بود.
- ممنونم.
- در کپنهاک هستید یا بر می‌گردید.
- نه بر می‌گردم.
- کی؟
- همین امشب.
- همین امشب می‌روید؟
- بله.
- ای کاش چند روز بیشتر می‌ماندید. کپنهاک را می‌گشتید.
- بله ای کاش می‌توانستم ولی مرخصی کم دارم و باید به سر کارم برگردم. البته در این چند روز کپنهاک را گشتم. شهر زیبائیست.
- بله شهر زیبائیست. بعد از این چه خواهید کرد. تصمیم دارید چه کنید؟
- نمی‌دانم ولی فکر می‌کنم باید همان کاری را بکنم که ادل می‌کرد.
- چه خوب من هم فکر می‌کردم همین کار را بکنید.
- بله باید این کارا بکنم.

نگاهش را تو صورتم می‌دوزد. نگاهش این بار اندوهگین و رنگ و حالت متفاوتی دارد. دستش را برای خداحافظی پیش می‌آورد و می‌گوید:

- امیدوارم موفق باشید. سفر خوش آقای نادر. امیدوارم یک روز باز شما را ببینم

نگاهم را از نگاهش بر می‌دارم. دلم می‌لرزد آرام می‌گویم:

- ممنونم، خداحافظ من هم امیدوارم باز شما را ببینم.

- خداحافظ.

از سالن خارج می‌شویم. چند قدم نرفته برمی‌گردم، نگاه می‌کنم. می‌بینم که نیست. کمی که دقت می‌کنم می‌بینم میان جمعیت است اما دور می‌شود، دور و محو آلفرد می‌گوید: چرا ایستادی به چه نگاه می‌کنی ؟

می‌گویم: چیزی نیست.

هر دو گرفته و ساکت بی آن که در طول راه با هم صحبت کنیم. به طرف هتل راه می‌افتیم. می‌دانیم این آخرین مراسم و پایان گفتن از ادل بود اما نه برای من چون من همیشه از تو خواهم گفت و با تو خواهم بود.

عصر آلفرد عجله دارد. می‌ترسد دیر کند. کیف و چمدانمان را بر می‌داریم و با هتل تسویه می‌کنیم و بیرون می‌آئیم. راه او از من جداست. او به فرودگاه می‌رود و من به ایستگاه قطار. برای خداحافظی در حالی که بغلم می‌کند. می‌گوید:

- ما که باز همدیگر را خواهیم دید. تو باز نزد ما خواهی آمد؟

نگاهی به صورتش می‌اندازم .. نمی دانم چه پاسخی دهم. بی تو و بی حضور تو چگونه؟ دیگر چگونه می‌توانم؟ برای اطمینان خاطر چند بار آرام به بازویش می‌زنم

و می‌گویم:

-	بله اگر باز فرصتی پیش بیاید حتماً. تو هم به فرانسه آمدی بدیدن من بیا حتماً می‌آیم.

سوار تاکسی می‌شود و می‌رود. من هم کیف و چمدانم را بر می‌دارم و پیاده راه می‌افتم. چمدانم برعکس موقع آمدن بسیار سبک است و راحت تر آن را دنبال خودم می‌کشم. راهم نزدیک است. ایستگاه قطار چندان دور نیست و من وقت کافی دارم. قدم زنان آهسته و آرام بطرف ایستگاه می‌روم. با این فکر که جهان و بشریت برای کشته شدن تو و ده ها نفر دیگر جز روشن کردن شمع و نثار گل چه کرد و چه می‌توانست بکند؟ زیر لب می‌گویم هیچ. احساس غمی تلخ از تنهایی بر سینه‌ام می‌نشیند و فشار می‌آورد.. به آلفرد و دوستانت فکر می‌کنم. دیگر به چه بهانه‌ای برای چه منظوری بدیدارشان خواهم رفت؟ تا چندی پیش تو بودی و همه بودند و تو تمام خوشبختی من بودی. اکنون تو نیستی و بهانه ای برای خوشبختی نیست. می‌دانم که از این به بعد مردی تنهایم که تنهائیش را باید با خود ببرد. ازاین فکر که واقعیت زندگی من از این به بعد این است دلم می‌گیرد.. روز رو به غروب است و خیابان خلوت و من مسافری که باید راهم را انتخاب کنم. نگاهی به اطراف می‌اندازم. زنی با چراغ از دور می‌گذرد. فکری تازه بر ذهنم می‌نشیند که احساسی از امید را بر دلم می نشاند. با نیرویی که از فکر و ایده تازه می‌یابم. می‌فهمم که راهم و هدفم چیست؟ و مردی تنها نیستم. سرشار از شوق قدمهایم را به طرف ایستگاه مرکزی قطار تند می‌کنم.

اسماعیل یورد شاهیان *

ساعت هشت و بیست دقیقه شب است که به ایستگاه قطار می‌رسم از تابلوی برنامه قطارها شماره‌ی سکو و قطار و واگن را می‌خوانم. می‌روم و سوار می‌شوم. واگنی که سوار می‌شوم، خلوت است. بیشتر از هفت یا هشت مسافر در آن نیست. قطار سر ساعت هشت و سی دقیقه حرکت می‌کند. کنار پنجره می‌نشینم و چشم به بیرون به دریا می‌دوزم. در دوردست شهر مالمو سوئد دیده می‌شود و قطار و اتومبیلهایی که از پل مابین دو شهر در حال گذرند. اما چشم و ذهنم من بیشتر متوجه آبی دریاست که رنگش اکنون به سرخی و تیرگی گذاشته و موج هایش با کف سفید بر شنهای ساحل کشیده می‌شوند. می‌توان گذر باد را بر سینه دریا دید و احساس کرد. کمی پائین تر زن و مرد جوانی با کودک خردسالشان که مرد دستش را گرفته در ساحل دریا در حال قدم زدن و صحبت هستند. گاه می‌ایستند و دستشان را سایه بان چشمشان می‌کنند و دور دستها را می‌نگرند. چیزی می‌گویند و می‌خندند. انگار از یاد آوری ونقل خاطره‌ای شادند. خورشید در حال غروب است وشب راه ما را انتظار می‌کشد. اما راه مرا نه، من اگر چه تنها نشسته‌ام اما می‌دانم که تنها نیستم. تو با منی و من به راه تو می‌روم. من دیگر توام ادل.

۲۸ دسامبر ۲۰۱۶

ساعت ۱۱/۲۰ شب چهارشنبه هشت دیماه ۱۳۹۵

* نجوای ناتمام ادل

آثار دیگر نویسنده:

شعر:

۱. نیار (منظومه) چاپ زمستان ۱۳۴۹

۲. کوزه (مجموعه شعر)، چاپ تابستان ۱۳۵۰

۳. مرثیه‌های کولی، چاپ پائیز ۱۳۵۳

۴. غربت پاییز، چاپ ۱۳۵۵

۵. شب هفتم، چاپ ۱۳۵۷

۶. خیمه در پائیز، چاپ ۱۳۶۹ نشر رودکی

۷. آبی در آشوب، چاپ ۱۳۷۰ نشر رودکی

۸. ترانهٔ آبی، چاپ ۱۳۷۸ نشر یوشیج

۹. اورمیای بنفش، چاپ نشر یوشیج ۱۳۷۹

۱۰. در ویرانی صبح، چاپ نشر قصیده سرا ۱۳۸۰

۱۱. چیزی به خواب زمین نمانده است، نشر قصیده سرا چاپ ۱۳۸۲

۱۲. آوازهای اورمیا، چاپ بهار نشر فرزان روز ۱۳۸۴

۱۳. یاسمن در باد — انتشارات نگاه ۱۳۹۲

۱۴. مادرم زنی زیبا بود . نشر مروارید ۱۳۹۷/۲/۷

۱۵. به روزهای نیامده – برگزیده اشعار آماده برای چاپ

رمان:

۱۶. خزان (خلاصه رمان کشتن آهوان به شامگاه)چاپ ۱۳۷۷

۱۷. آنجا که زاده شدم، نشر فرزان روز چاپ اول تابستان ۱۳۸۴

۱۷. رای ورعنا آماده برای چاپ ۱۳۹۰

۱۸. سامانچی قیزی (دختر کاه‌فروش) نشر فرزان روز ۱۳۹۱

۱۹- شکار آهوان به شامگاه — انتشارات کتابسرای تندیس- ۱۳۹۴

۲۰- انتشار ترجمه رمان آن جا که زاده شدم در امریکا توسط انتشارات پیج نیویورک

۲۱- دلباختگان بی نام شهر من   – تهران – نشر هنوز دی ماه ۱۳۹۶

قصه برای کودکان:

۲۲. پری کوچک باغ، زمستان ۱۳۴۷

۲۳-بادکنک قرمز یاقوت

۲۴-گل بهار ماهی شده بود

۲۵-نازی لُپ قرمزی کوچه ما

۲۶-حلزون نی‌زنه (آماده برای چاپ)

آثار تحقیقی:

۲۷-پدیدارشناسی انسانی (در سه جلد) از ۱۳۵۴ تا ۱۳۶۱

۲۸-جامعه‌شناسی روستایی. دانشگاه اورمیه

۲۹-بررسی رخساره اجتماعی آذربایجان غربی، چاپ ۱۳۶۵

۳۰-دولتمداری شرق، دولتمداری غرب، ۱۳۶۴

۳۱-مقدمه‌ای بر کلیله و دمنه، چاپ ۱۳۶۴

۳۲-فکری دیگر (تحلیلی در مسائل تاریخ هنر و ادبیات و شعر امروز ایران) ۱۳۷۴

۳۳-تبارشناسی قومی و حیات ملی (جلد اول. نشر فرزان روز)، چاپ. ۱۳۸۰ چاپ سوم ۱۳۹۶

۳۴-تبارشناسی قومی و حیات ملی (جلد دوم)، زیر چاپ

۳۵-مبانی حسی زبان و شعر، چاپ ۱۳۸۴. نشر فرزان روز

۳۶- چهل دو مقاله علمی و تحقیقی منتشر شده در زمینه شعر و ادبیات، زبان‌شناسی جامعه‌شناسی روانشناسی اجتماعی و پزشکی در سطح

اسماعیل یورد شاهیان *

Unfinished Whispes
Murmure inachevees Adele

Esmaiel Yourdshahian Urmia
www.yourdshah.com

2016-11-21
Iran - uromieh